曾珍 著

悠游九寨

重庆出版集团
重庆出版社

图书在版编目(CIP)数据

悠游九寨 / 曾珍著. —重庆: 重庆出版社, 2011.1
ISBN 978–7–229–03046–9

Ⅰ.①悠… Ⅱ.①曾… Ⅲ.①游记-作品集-中国-当代
Ⅳ.①I267.4

中国版本图书馆CIP数据核字(2010)第218114号

悠游九寨
YOUYOU JIUZHAI
曾珍 著

出 版 人：罗小卫
责任编辑：吴向阳　柳 清
装帧设计：王芳甜

重庆出版集团
重庆出版社 出版

重庆长江二路205号　邮政编码：400016　http://www.cqph.com
重庆出版集团艺术设计有限公司制版
重庆出版集团印务有限公司印刷
重庆出版集团图书发行有限公司发行
E-MAIL:fxchu@cqph.com　邮购电话：023-68809452
全国新华书店经销

开本：787mm×1092mm　1/16　印张：11　字数：190千
2011年1月第1版　2011年1月第1次印刷
ISBN 978–7–229–03046–9
定价：28.9元

如有印装质量问题，请向本集团图书发行有限公司调换：023-68706683

版权所有　侵权必究

目 录

离开 　　　　　　　　　　　　　1

到达 　　　　　　　　　　　　　3

沟里时光
九寨沟的第一个清晨 　　　　　10
则查洼的尽头 　　　　　　　　16
这个下午,在犀牛海边"应该的" 　19

树正寨
浓墨重彩树正寨 　　　　　　　24
到处溜达 　　　　　　　　　　32
泽旺和爱笑的 Vivian 　　　　　36
佛祖的胸毛 　　　　　　　　　39

荷叶寨及扎如寺
荷叶寨丢脸事件 　　　　　　　46
沟口有个扎如寺 　　　　　　　49

在周边晃荡
未来的九寨边边街 　　　　　　56
11 月 15 号,干海子的第一场雪 　62
在县城晃荡 　　　　　　　　　66

那些遥远的小村寨
有意思的地方 　　　　　　　　72
邂逅玛坭堆 　　　　　　　　　76

大录寨
一座虎虎生威的山寨 　　　　　82

孩子们下课了 　　　　　　　　86
遇上撵鬼仪式 　　　　　　　　90
大录寺院 　　　　　　　　　　93
艰辛的喇嘛修行 　　　　　　　97

在村寨住下
结果是水缸 　　　　　　　　　102
有趣的当地话 　　　　　　　　105
苍蝇游击队 　　　　　　　　　108

寨子里的塔和手工艺人
满腹大米、酥油的白塔 　　　　113
他们,和回忆里的上坡路 　　　116

芝麻寨和八屯寨
见过红军的扎西姆 　　　　　　122
七十九年一个人过 　　　　　　126

回到大录乡
寂寞了很久 　　　　　　　　　134
得而复失的藏刀 　　　　　　　138
高山顶上的小旅馆 　　　　　　143

白马寨
白马藏族的"挫喔"面具 　　　　148

最后一天
爬雪山去草地 　　　　　　　　154

我的背囊 　　　　　　　　　　160

早晨5点，离开九寨。

深蓝的天空缀满大颗大颗闪亮的星星。这里又将是一个大晴天。

吉普车在空旷的公路上疾驶。公路旁全是巨大的白桦树，光秃繁复的枝桠，在深蓝背景中纵横交错，仿若一朵朵盛开的虚无的花。

很久没有这样仔细地看夜空了，密集的星星，闪烁着妖媚的光，它们一直在我的正前方，忽明忽暗。

从沟口到九黄机场的车距大约是两小时，我不知道它算不算全国距离主要居住区最远的机场。还好一路上可以看到好几个漂亮的藏寨、清冽欢腾的溪流、众多形态各异的老树和一群群悠闲吃草的牦牛。

离开
Leaving

气温越来越低。

公路开始绕着山走。

路旁的立体三角形松树上堆积了厚厚的雪，在黑暗中发出荧荧的光。那场景，像某个北欧小镇的风景照片，有一种倏然而至的美。

汽车突然转了个弯，滑向路旁的巨大岩石，寂静的公路瞬间变成一个恶梦，让人心惊胆战。司机猛转方向盘，窗外场景快速变幻。我紧紧抓住坐垫，一言不发。若真要发生什么，此时无人能够更改。这样认命的心情，是从未有过的。

车体在甩了一个圆圈后，终于在快靠近岩石的草地里停了下来。路上有冰，没有减速的汽车开在这样的路段上，打滑得厉害。

离开

飞机驶离航道时，心里有隐隐感伤　　　　一路上看到的漂亮牦牛

　　这已经是我在九寨体验的第三次公路突发事件了，还好每次都是有惊无险。九寨冬天的路况非得是有雪地经验的老手才能处理下来。

　　熄火的汽车半天发动不起来，司机说是"闷油"，得等会儿才能重试。短暂的沉默后，他选择下车抽烟。

　　车里非常冷，雪风从半开的车门里涌进来，不多时，我的手和脚都僵了。脚指头缩在棉袜子里开始疼痛。那种冷钻心入肺。

　　想起翻雪山那天也是这样，脚指头最先受不了。胖胖的刘强告诉我如果太难受有两种切实可行的解决办法，一是把脚指头含在嘴里，二是不要了。

　　忍不住在黑暗中兀自发笑。而后开始想念切孝家堆满木炭的铜火盆，那么温暖，像浓缩的一大片炙热阳光，让人在这个寒冷的早晨想撒腿向它狂奔而去。

　　10 分钟后开始再次上路。

　　天色已是蒙蒙亮。一路上不断遇到早起行走的藏民，穿着深色的大襟藏袍，手里举着金色的转经轮。我用纸巾擦去玻璃窗上的小冰凌，把脸贴在窗上看他们。

　　后来还出现了许多正在路边吃草的鬼脸牦牛。它们似乎都不怕冷，和送我的周宇同一样，喜欢早起晨练。

　　离别的时间越来越近了，和我呆了整整一个月的地方。

　　飞机开始在跑道上滑行，发出巨大的呼啸声。我拿出相机，拍下了湛蓝的天空和远处的雪山。

　　才发现，是那样地不舍得。有一种感伤在心底细细灼烧。

　　坐在温暖的机舱里，我写下了这些文字。

2004 年 12 月 1 日

到达
Arrival

快到达九黄机场的时候，空中小姐在广播里告之当地气温为0度。舱里一片哗然。

来之前短信过已经在这里晃荡了一个星期的朋友小Y。他说一点也不冷，和重庆的温度差不多。

我不放心，又问了一次，真的不用带羽绒服？

他回我个笑脸，说中午的太阳可以把你晒到爆皮。

放心大胆上路的结果是——听完气温广播后我望着身上的薄毛衣和小外套发了好一会儿呆。

真的挺冷。一下飞机就被白雾包围了。

那时是早晨。我知道，雾散去之后，将会迎接暴烈阳光。

拦了一辆车，问司机什么地方可以吃早餐，他拉我去了川主寺。寺庙没看到，

坐在草地上，拍了整整半小时的鞋。阳光很好，心情很好，路人看得莫名其妙。

到达

卖旅游品的商业街倒有一条。早上9点，所有的饭店都没有营业。敲了很久的门，店主才来开。

只有烩面。你吃不吃？他问我。

我一连说了三个吃字。

生火、和面……菜板切得轰轰响，女老板在厨房忙开了。

在等待面好的时间里，我踩着水泥地面的碎冰凌慢悠悠地绕到后院去上厕所。柴房角落的黑狗冷不丁蹿了出来，到跟前就是一阵狂吠。女老板伸出脑袋大声喊了一串我没听明白的话，黑狗才乖顺地回到原来的位置趴下。

等了很长的时间。拿了矮凳坐在火塘边听MP3。快睡着的时候烩面端了上来。

正午，阳光暴烈

怎么形容到九寨沟吃到的这第一顿烩面呢？它和我以前吃过的所有面都不一样。有着清新又辛辣的香。新鲜的豆芽、青菜、土豆片、炸好的酱肉泥和薄薄的面片煮在一起，好吃得让人惊慌。

对吃，一向都不太节制。尤其是这种以后可能再没机会光顾的小店里遇到的美食。

碗里的东西被我认真而酣畅地吃了个精光。

满足地再次上路。

从机场去九寨沟口的途中，美景连绵不绝：覆盖整个大地的湛蓝天空、流云变幻下光影闪烁的深色山峦、茂密的雪松林、藏寨、高山藤蔓植物、燃烧一般的红枫树……

你如果也会经过，要以这样的方式记住它们。屏住呼吸。瞪大眼睛。当然如果选择哇哇大叫，也没什么不可以。

我看到的九寨，就是这样。

后来有些困了，就抱着包靠在椅背上，闭上眼睛。

亲爱的,我们相携相依,天天在一起。

到达

颠簸中，突然想起小絮。三年前的春天她来过这里。

来过便热爱上了。说是前世呆过的地方。是没来由就觉得熟悉并爱到心痛的地方。走的时候一直流泪。身边坐的朋友全然不解，并露出嘲笑的表情。回来不久两人就分手了。

男人永远不懂怎么对待这类心怀感伤的女子。她们是直接的、沉默的、忍耐的。像风声呼啸的旷野中一株孤伶的树。

前排有人点烟。密闭的车厢里立刻充满烟草燃烧后浓烈的味道。只好开了窗，沁凉的风吹在脸上，顿觉呼吸顺畅。

如果没有这令人不快的细节，我一定会闭着眼睛错过了他们。

他们。他们是6个正在嬉闹的藏族小孩。在马路边的小山坡上远远看见我们的车开过来，全部站成一排，立正、敬礼。手斜过头顶。姿势标准。

离得最近的时候我能清楚看见他们被太阳晒得潮红的脸。

车很快开过那个小山坡。我把头靠在玻璃窗上回头看他们。阳光下，他们一直保持着那个姿势，直到看不清为止。

我们彼此一无所知，却在这一刻完成了最热烈的注视。

驶过漳扎镇的时候，我独自下车了。这是离沟口最近的一个小镇。一条街全是卖大众旅游商品的小店。店的铁门统一刷成正红色。上边有密密麻麻的彩色铁花装饰，全是藏族的吉祥图案。

这条街的小店基本都是杂货铺，出售饼干、方便面、QQ糖、低价香烟、大量粗糙的工艺品、充电电池、毛巾、劣质护肤品、扑克、本子和笔……还有酱油和味精。店主大多很随和，会主动招呼你坐，邀请你看他儿子习字本上刚学会写的字。

屋外是热烈的正午阳光。晒得人懒洋洋。

卖旅游商品的店

卖苹果的老阿妈

    有卖苹果的老阿妈背着阳光坐着，摇着转经轮。见有相机对着她，便咧开掉了牙的嘴，笑得很开心。

    一直走。快到沟口时看到小丫的短信，说在德克士见。是一小时前发出的信息。

    沟口给我的第一印象是干净漂亮，像个小型公园。正午很安静，只有少量的旅游者走来走去。各种肤色的人。都带着遮阳帽，背着硕大的包。

    见到小丫时他都快等睡着了。由于很久没见，又是在这样一个陌生地方，露出的笑容竟有些不确定。

    他起身给我买饮料。桌面上有翻看到一半的书，是王军的《城记》。拿起来读了一小段。窗外的阳光刚好落在书页上。

    大风呼啸，远处，有树叶摩擦的沙沙声。

    ……

    旅行开始了。

    告诉你，我是多么快乐。

五彩池
沃洛色漠
箭竹海
熊猫海
五花海
则查洼寨
犀牛海
诺日朗中转站
树正群海
树正寨
盆景滩
黑角寨
达戈神山
扎如寺
荷叶寨
彭布寨
尖盘寨
沟口
漳扎镇

沟里时光

九寨沟的第一个清晨

The First Early Morning When in Nine-Village Valley

在黑暗中睁开眼，有些不确定自己身在何处。厚重的深色布窗帘间，有清晨细微黯淡的阳光洒进来，把房间弄得很神秘。

离开温暖的被窝后喝了一杯清水，打开门坐在旅馆走廊的椅子上吃苏打饼干。不断有背着包的年轻人从我面前走过。

狭长的走廊光线充足。对着房间门的是一长排大玻璃窗。两头有木头搭的简单架子，上边放了很多盆小花，清一色的深红花瓣，娇小妩媚。

吃完饼干，开始整理背包，做进沟的准备。有些许激动。

隔壁房间有人在唱歌。是中年女人的声音。一首过时的通俗歌曲，有轻微走调现象，但在此刻传过来，也让人觉得动听。

忍不住笑了。九寨沟的第一个清晨，是这样愉悦我心。

去沟口的路上，冷得够呛。那天穿了件灰色的珠片V领毛衣，风从围巾的缝隙里钻进去，在皮肤上东游西荡。

走得很快，10分钟的路程也让我觉得是考验。

终于到了。买了票后去喝了一杯热牛奶。奶粉冲兑的，还没有全部融化就递给了我。

卖牛奶的小妹普通话说得极好，但很严肃，没有笑容。

早上的沟口喧嚣至极。大家都集中在这个时段进沟，检票口排起了长队。

几乎都是旅行团。一大堆人带着清一色的红帽子，跟在拿旗帜的导游后面。

还有一些学生模样的情侣，背着大大的深色登山包，戴着毛线手套的手紧紧牵在一起。

上了进沟的绿色大巴，选了最后一排靠窗的位置，把头靠在玻璃上开始听随车导游的讲解。

大巴车驶进沟大概三四分钟后，公路的右方出现了一个藏寨，名叫荷叶。

早晨雾气浓重，荷叶寨看起来像一幅浸湿的水墨画，鲜艳的细条经幡点缀其间，记忆里那画面充满了动感。

绿色贯穿整个视线。公路两旁是茂密的植被，因是深秋，有少部分的落叶树已经秃了，光丫丫的枝干扭着各种奇怪的姿势站立在大片的绿色中。

旅途在继续。窗外景色变化，一个人沉默地看着，想自己的心事。
这样安静的时刻，多么难得。

下一个景点是盆景滩。一大片开敞的平地上有极薄的溪水缓缓流过，水下是厚厚的绿色苔藓。小丛的奇异灌木横七竖八躺在水面，一个挨着一个，颜色丰富，姿态妖娆，有着诡异的美丽。

景如其名，那场面像极了花市的盆景大卖场。

过了盆景滩是芦苇海。一长排的车停在公路一旁。广阔无边的芦苇丛里有两个穿白衫的古装丽人在木板搭的台面上打斗。下面有一些摆弄巨型摄像机的人走来走去。导游介绍说，这是央视版神雕侠侣的拍摄现场，剧组近段时间一直顿在沟里拍摄。
所有的人都探身往窗外看。没有人说话。身旁漂亮的白种女孩也伸长了脖子，

盆景滩

沟里时光

箭竹海

脸上有好奇天真的笑容。

大巴经过了十几个景点后，驶到了右侧沟底的最后一站。由于天气原因，天鹅海和草海已经禁止进入。车只能到达箭竹海站点。

九寨沟的游览顺序是先坐大巴车到沟的最深处，然后再一站一站地游览出来。这个过程得自己走，每个景点都修有曲折的栈道，让游人零距离接触风景。当然你也可以选择坐车游览出去，只是会少了很多乐趣。

箭竹海已经有落雪的痕迹了。松枝上铺了厚厚一层，木条栈道上也堆满了被游人踩脏的残雪。小心翼翼地走，脚下打滑得厉害。从小平衡能力就不好，经常摔跤，这样的路尤其让人心惊胆战。

箭竹海的景色一般，不算九寨沟的精华部分。海子的水清澈透明，里面有大量钙化的古树枝桠，纠缠重叠在一起，清晰可见。栈道的一路上不时会出现有趣的提醒牌，从画面理解是叫熊猫不要投食喂鱼。也不知道那些神出鬼没的大熊猫们看懂没有。

走了很长一段栈道，往下是箭竹海瀑布。水声极大，有细密的小水珠溅过来，很快便弄湿了脸。沁凉湿润的感觉一直蔓延到身体里。

一对年轻情侣从身旁跑过，牵着手，一路说笑。

有人说考验爱情的最好办法是一起出门旅行。长时间地呆在一起，没法掩饰，对方的优点缺点都会统统暴露出来。似乎一起旅行之后的人，才有资格让人觉得真实可信。

爱情不过是彼此作伴。在旅途和人生上，它都是同样意义。

这样处心积虑看清对方，又有什么用。

栈道仿佛没有尽头。路旁生命力顽强的树木不时伸出纠结的枝桠挡在栈道当中，得弯腰小心通过。

走了很久。经过了著名的五花海和珍珠滩。

这是大家口中传出九寨沟景色中最精华的一段，许多驴友都在论坛上大肆谈论过。有细密的失望在心里蔓延。也许是听了太多赞美，期望值过高，才会觉得

指路牌下也有转经用的铜皮桶　　　　　　　到达诺日朗中心站

不怎么样。

　　走到沟的心脏位置——诺日朗中心站时，已近中午。雾散尽了，天空湛蓝，阳光暴烈。指路牌下金铜色的转经桶泛着明晃晃的光。
　　中心站有一个藏羌结合的仿古建筑，硕大无朋。里面是空旷的大堂，装修简洁现代，头顶是复式结构的玻璃屋顶，采光良好。设有出售小饰品的摊位和大型的自助餐厅。

　　转了一圈后，我在一侧的吸烟区坐下休息。阳光刚好照在那一长排的木椅子上，散发着让人慵懒的温度。
　　那里已经坐了很多人。一群日本女孩在互相传看数码相机里的照片。有年轻的导游在讨论下午的行走线路。几个七八岁的北方小孩一直在嬉闹，可能是第一

中心站藏羌建筑一角

次随父母出行,难以控制的兴奋,一刻也停不下来。

阳光很温暖,像倾泻的河水淹没了我。

想起北方的坝上草原。8月末的时候去呆了几天。也是这样的天气,昼夜温差极大,正午阳光炙人,但一到背阴处,温度立即下降好几度。

晒了太久,以至于起身的时候头有些晕晕的。仿若喝了一点小酒,有微醺的快感。

一直走。经过了诺日朗车站。有随车的藏族导游向我招手,意思是车快开了。我微笑着摇头。在景区的地图上看到,紧挨诺日朗的有一个呈开放式铺陈结构的藏寨,叫则查洼。决定去那里瞧瞧。

15

则查洼的尽头

At the End of Zechawa Valley

九寨沟是因为沟里有 9 个藏族村寨而得名。

树正、荷叶、则查洼是其中离景区公路最近的 3 个寨子，其他的村寨都在几里路以外，在地图上能看到方位，但没有标注去的路线。

正午的则查洼寨很安静，门户紧闭。一路走下去，竟没有遇到一个村民。

在一户人家的屋旁边，停下了脚步。斑驳树影的掩盖处，有座差不多 3 米高的白色藏塔。它的构造和意义，当时一无所知。于是掏出相机拍了几张"标准全身照"。

拍完照片坐在路旁喝随身带的可乐。由于接触了太久日光，冰凉的液体变得温温的。到口里的潮热感觉似乎让它的味道也发生了变化。

某种东西注定只能保持某种状态才完美。那是一种很微妙的感觉。有年冬天很流行在可乐里加入姜片一起煮沸，我一直不明白那种"饮料"怎么会有人喜欢。

藏传佛教的塔

藏传佛教的塔分为灵塔和佛塔。

灵塔供奉在寺院里，用金或铜铸成，是活佛塔葬的一种形式，灵塔里会放入活佛的舍利子（骨灰）和他生前的一些物品。

佛塔是藏传佛教的一个象征，塔的外层必须是白色。

建塔时由喇嘛或活佛选定位置。一般选择建在寺院和村寨的入口处，塔的高度不能超过寺院或村寨主建筑的高度。

塔由塔座、塔基、塔腰、塔瓶座、塔瓶、塔刹、塔顶 7 个部分组成。塔刹必须是 13 阶，塔基和中间的台阶式造型，必须是 5 层。塔采用凸凹的造型，凸出部分必须是 13 层。塔的内部是非常有"内容"的。在这里先卖

每户房舍前都插有经幡

个关子，后半部分的"满腹大米、酥油的白塔"那一段里会有详细介绍。

　　佛塔的名字，一般由塔内的经文、法器类别、塔身造型和装饰特点来决定。一般命名为：通卓塔、菩提塔、时轮塔、莲聚塔、神降塔、息诤塔、殊胜塔、莲花合瓣塔等。如果是塔群，则按主体佛法经文的内容名称合并命名，下个小章节提到的树正寨的"九宝莲花菩提塔"就是合并命名的。

　　在背阴处坐了太久，身体开始觉得有点凉。于是又站起来投身于热烈的阳光下。

　　有风经过。远处传来布匹翻卷的哗啦声。散布在寂静的空气里，仿佛近在耳边。

　　从堆积了很多野生灌木的小道一直前行。石板小道被有刺的枝蔓簇拥得极其窄小，每走一步都得小心翼翼地寻找落脚点。

　　小路走到底，视野便豁然开朗了。寨子的尽头是皑皑雪山，山下有一小块平整的空地，周围坐落着一圈错落有致的藏式房屋。湛蓝的天空下，陈旧的木建筑上面夸张的图案和浓烈的色彩显得极其醒目。

　　又见经幡。长约几米或数十米、印有密密麻麻经文的各色布帛，纵悬在高高的木杆上，直立在藏式房屋的周围。

　　在这些经幡的点缀下，整个村寨充满了浓郁的宗教气氛和强烈的民族色彩。

大风刮过，那些高高矮矮、参差不齐的经幡随风翻卷，发出巨大的哗啦声。闭上眼倾听，仿若巨大鸟群飞过时翅膀的扑棱声。汹涌极了。是那么的真实。

我曾经在青藏高原上也见过无数这样印满经文的幡帛。

那里因为缺乏木材，只有大的寺院或者家境较好的人户才在院子里用高大直立的木杆悬挂经幡。寻常人家，都统统是在房屋上牵数根绳子，或者把经幡悬挂在电杆的拉线上。而九寨沟因森林资源丰富，全用粗而高大的木条做成旗杆，横挂的非常少。

经幡

藏语里称"经幡"为"达觉"，九寨沟的藏民则把它称为"葛达"。"达觉"意为随风飘扬的旌旗，"葛达"意为插在门口的旌旗。

有藏学者认为门上插旗是原来军户的标志。吐蕃时代的军户都要在门上立一根长矛，后来改成插军旗以示荣耀。后来，军旗逐渐演变成现在的经幡，成为一种信仰的标志。

经幡从其形状到内容上看，应是原密宗文化与中原文化相结合的产物。藏民们在布帛上印上经文，高高挂在房外，昭示日月，以示修行积德，隐恶扬善，忏悔罪孽。在他们的心目中，经幡每随风翻卷一次，就等于替自己念了一遍上面的经文，福佑功德又增加了一点。

经幡根据其用途和内容的不同，长短也是不一样的，短的只有几米，长的数十米。其制作形式和采用的色彩正好也体现了五行文化。制作经幡采用的布帛有蓝、白、红、绿、黄5种颜色，分别象征蓝天、白云、火焰、绿水和大地。它的深层含义则分别代表了水、金、火、木、土五行。

藏民房屋前所插经幡，颜色和经文的选择也不是随心所欲的，它是通过对使用经幡的信教者的五行命相占卜，来决定选择什么样的颜色、印上什么样的经咒文。

这个下午，在犀牛海边"应该的"

Basking by Rhinoceros Lake This Afternoon

　　从则查注寨步行返回诺日朗站点乘车，要穿过一个黑黑的地下通道。拾阶而上，来到一片开敞的小空地。有分段行驶的小巴士等在那里。

　　选了靠走道的位置坐下。不一会儿 KEN 也走上来，坐到了我前面。

　　是后来才知道他叫 KEN 的。第一印象里是个眼睛大大、个子很高的男孩。穿一件墨绿色的驴行冲锋衣。头发是刺头，很精神的样子。背了一个庞大的包，包的顶部绑了一个相机的脚架。胸前挂着漆黑的 SONY828。

　　一直没有交谈，只是沉默地乘车。

　　途中有绝美风景，因不是站点，车没有停。再经过下一处时，按捺不住，站起来叫停车。他也站起来，跟我一起下了车。

　　那里已快靠近犀牛海，沿着木栈道，我们一前一后地走。偶有停下来拍照，也是默不作声，各拍各的。

已经习惯了和在旅行中遇到的陌生人沉默相处，观察是最好的交流，记下的可能是一个单纯的笑容或者一个明亮的眼神。那一瞬间会凝固在心里。

犀牛海是那天我一路走下来看到的最漂亮的海子。阳光落在翠蓝色的水面上，幻化成不停摇曳的亮片，闪着动人的光。海子的尽头被一排低矮的灌木围起来，浓秋时节，细小的叶片泛红泛黄，和旁边此起彼伏的黛色山峦形成鲜明的色差对比。

突然什么都不想做，只想发呆。在这样的下午，在这样的景色面前。

栈道旁有一块突出去的宽大木板。大片的低矮植物从木板下的土壤里直伸上来，盖过木板。

找了一个小缺口，刚好一个人的身型那么宽。把沉沉的包扔在一边，坐下去把脚悬在水面上晃啊晃。

阳光炙热。明晃晃的光线四处流动，似乎给整个海子上了一层奇异的妆，美得不像人间。四下无人。极度安静。那一刻的美妙心情难以形容。

阳光给海子上了妖艳的妆

坐了一会儿，转身从包里拿东西的时候又看见了 KEN。他在 20 米开外的地方拍照片，不断摆弄着相机的角度，神情专注。

发现我看他，他笑了笑，露出整齐而洁白的牙齿。

拍完后，他走过来在我旁边坐下。给我看他刚才拍的照片。

就这样认识了。知道了他叫 KEN，南方人，流浪在北京，《华夏人文地理》的签约摄影师。

我们开始聊摄影方面的话题。KEN 对我说，每一张照片其实都是记录一次消亡。在按下快门的一瞬间，那样的景色已经成为过去，并且永远不复存在。

好的照片，应该是让这样的消亡变成瞬间凝固的美感。那种美，不管是残酷、震撼的，还是壮观、静好的，都应该超越它的原身，获得被夸大被延伸的效果。

其实文字也是这样。同样有记录过往的作用，然后超越过往，留下漫漫时光里逝去的美感。

KEN 不是很健谈的人。我也不是。话题时断时续。更多的时候我们都沉默地享受阳光，微微眯起眼睛，享受那种快被晒成一滩软泥的感觉。

不时有出沟的大巴车呼啸着从身后的公路驶过去，之后又是相当长一段时间的静谧。

后来 KEN 开始教我说当地的藏话。吃饭的藏语念"偷牛"，睡觉念"呢"，谈恋爱念"哈给吃"，晒太阳念"应该的"。听到这里我狂笑不止，晒太阳这件事真是"应该的"，简直太应该了。

说渴了。KEN 从他硕大无朋的包里找出两个红苹果，递了一只给我。果皮红润透亮，水灵干净。KEN 说他早上出门时认真洗过，用塑料口袋包裹好。很细致的男人。

太阳落山前我们道别。他要去拍火花海的月夜。在沟里停留这么多天，就是为了月圆的这一晚。

我继续上路。没有目的，没有打算。

分开的时候他问我要手机号码。我笑笑。告诉他之后不会有任何联系。

这样平静地邂逅，然后彼此消失，才是旅途中的人和事。

也会一直记得彼此。

是。一直会记得这个下午的时光。

巴士从身后呼啸而过的声音。那么熟悉。

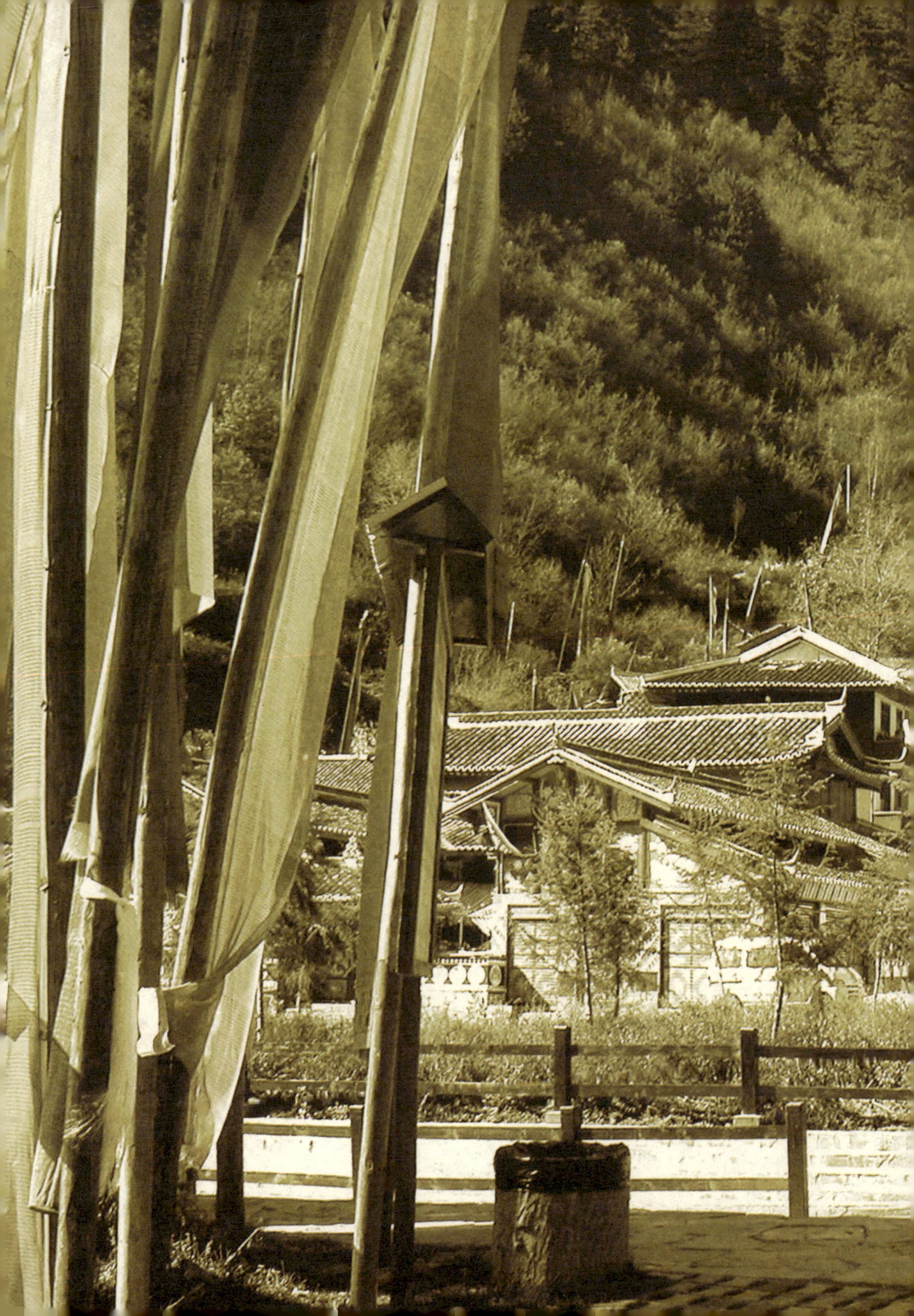

树正寨

浓墨重彩树正寨

A Colorful Village

和 KEN 告别后，一路往下。木栈道被阳光晒成了亮白色。晃得人眼睛疼。一路都有漂亮的树。叶片在阳光下熠熠生辉。

一排建在水边的破旧小木屋出现在视线里。很小的屋子，甚至没有窗，惟一的门也紧紧锁着。看得出来已经荒置很久了。

经过小木屋后又看到三间并排的木头房子。背着阳光向地面投下沉默模糊的黑色阴影。巨大的水流冲击声从木房子下面传上来，空气中全是黏稠的水分子，灼热的阳光到了此处也变得潮湿清冷起来。

这里是树正沟的古磨坊群。当初沟里的居民就是借用水的动力磨米磨面。如今它已成了沟里的一个小景点。

磨坊旁边是一个巨大的铜皮转经桶。奔腾的水流经过此处，推动轴承下的金属叶片旋转，转经桶也借力匀速旋转。

为了防止桶体旧黯变色，当地居民还在其上加盖了一个晴雨棚。

转经

转经，是按照藏传佛教萨迦派和苯波派"雍仲"的旋转方向，决定向左转还是向右转的。

转经根据不同的位置和使用方法，取材有金属、木材和布料3种。旋转的动力，除了人工以外，还利用了风力、水力、火力和电力。

用人工做动力的是信教徒常年握在手中的转经筒和寺院里的转经桶，多采用金属壳，也有木制的。

利用风力旋转的，一般要求安装在屋顶或风较好的高处，单个或数个排列，按照教派的旋转方向，把叶片设计成只能向一个方向旋转。这种转经用布料做成，体积小，上面有防雨装置。

水力旋转刚才文章中提到过。建在有水流动的小河小溪边，由转经房、转经桶和水轮等主要结构组成，依靠水流冲刷的动力旋转。

火力旋转的一般都在室内，安置在楼层烟囱出口处，体积小，用布料做

树正寨入口

佛塔群

水边的小木屋

铜皮转经桶

建筑比售卖的物品有特[色]

经桶拨动的瞬间

25

成，利用炊烟的热冲力旋转。

电力旋转是靠小电机的动力带动叶片旋转，一般设在离电线杆较近的屋顶。

转经除了以上5种方法以外，还可以围绕一座寺院、一座佛塔、一座佛殿、一座"神山"转圈。

藏传佛教的每座寺院都有特定的转经路，转经路上配备有转经桶，广大信教徒一边走一边用手将经桶拨动一下。在他们心目中，每个转经桶内都装着一定数量的经咒，每转动一下就等于念诵了数遍经桶内的经咒，其功德又增长了。

建在屋舍旁的人力转经桶

漂亮的门

傍晚，游人聚集。

拾阶而上，有热闹的建筑群和长排的白塔落到目光里。

树正寨到了。那些一座挨一座的房子，都被涂上了极其浓重的色彩，是我从未见过的艳丽花哨。有几秒种的目瞪口呆。

这个树正寨，叫它商业中心比较合适。寨口有木条搭的拱形门，上面写着"九寨沟民俗文化村"。

完全是个商旅业发达的小镇。

当地藏民已经完全适应了商人这个职业角色。很多人户的门口都挂有"欢迎参观藏家楼"的横幅。参观完后会把白瓷小碗装的酥油茶卖给你。用糌粑粉简易冲兑的卖5块钱一碗，味道同小时候常吃的南方牌黑芝麻糊很相似。正宗的20块一碗。

正宗的酥油茶是用酥油加入适量的花生仁、核桃仁放入特制的桶内，掺入大茶（老茶梗熬煮成的茶水），用木杵反复捣击融合而成的。饮用时加适量的盐。

他们还学会了在门口招呼你进去。见到女人统称美女，见到男人统称帅哥。且不论年龄大小，15

仰望佛塔群

岁以上 70 岁以下的男人女人都只有这样两个称谓。如果你为人认真，是会认为他们在骂人的。

　　喝茶的时候你在他们家里对着家什好奇地东拍西拍，态度还勉强。喝完给钱后，胖胖的藏族老太太就会立马沉下脸来，叽叽咕咕对你说一长串听不懂的藏话，由她年轻的小女儿翻译出来就是：拍了几张就够了。态度很明确，就是希望你迅速走人。

　　除了在家里出售酥油茶外，他们还把房屋当街的一楼改造成卖旅游工艺品的店。这些店是不会租给外面的人做生意的，全是当地藏民在当老板。可惜每个店卖的东西大抵相同，且进货眼光也不怎么好，所以并不能够吸引你驻足很久。

　　自从九寨沟成为旅游景点后，为保护景区环境，沟里的藏民全部响应政府号召退耕还林。在无田可种的情况下，有一部分村民被政府安排到了九寨沟管理局工作，另一部分没有正式工作的成年村民政府则一年发给每人 4000 多元生活费。听说在沟里安心做点小生意的话，一个人一年 10 万的收入不成问题。

　　站在街边仰头看墙壁上的装饰画，久了头会觉得晕晕的。复杂的颜色和图案重叠出现，让人目不暇接。

　　花哨的墙体颜色以正红和明黄两种为最多。图案除了龙和虎等动物的造型之外，其他的都看不明白。问了一两个路人才知道画的是各种摩尼、法器、宝镜、八宝吉祥图和十相自在图。造型时都是以圆形和卵圆形为主。

听说房屋外墙的装饰画重漆一次政府是有补贴的。所以树正寨显眼处的房屋外墙基本都是簇新的颜色。充满浓墨重彩的美。

藏画

藏画涵盖面很广，包括唐卡、壁画、各种护法神兽以及建筑外部的装饰画。

唐卡画和壁画在绘画时都有固定的格式和标准，不能由绘画者自由创作和随意发挥。其构图必须饱满规正，色彩必须艳丽沉着，线条必须流畅生动。细部多由金线勾勒，给人以富丽堂皇、雍容华贵之感。

藏画的基调是八宝吉祥图，即：吉祥宝伞、胜利幢、金轮、金鱼、宝瓶、白海螺、莲花、吉祥结。

到了傍晚，寨子里游人越来越多。他们堆在那些出售项链、披肩、布包、壁画的小店前讨价还价。脸上有行走了一天的疲惫。

那些东西买回去多是送给亲戚朋友或者摆在自家客厅的。这是很多人出游中的嗜好。他们认为，来过一个地方，就必须要带当地的旅游纪念品回去，如此才能提醒自己到过此地。哪怕背回去的都是些一无是处的低劣手工艺品，仍然乐此不疲。

树正的傍晚，让我最满意的是，有好吃的烧烤。

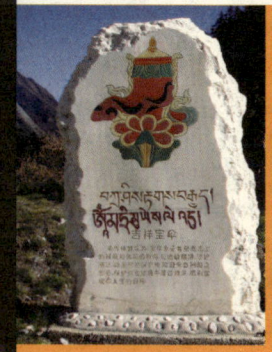

| 吉祥宝伞 | 胜利幢 | 金轮 | 金鱼 |

人渐渐多了的时候，烧烤小摊才摆出来。

烧烤这个东西，在我看来，是走南闯北味道都变化不大的美味食品。到北京别去吃火锅，到成都别进烤鸭店，这是经验之谈。但是烧烤，走到哪里应该都可以放心大胆地吃，味道不会让你有太大失望。

三个小摊，一溜儿排在一起。每家都是肉串和土豆。基本没有选择。依然吸引了很大一群年轻人。

摊前都有长条的木头凳子，你可以坐在那里看着摊主往肉串上刷油、洒辣椒粉。盯久了，会恨不得从嘴里长出一只手来。

龙达快溢出黑色纱帐了

凳子上总坐满了人，周围还会围上一圈，大家的眼睛都落在肉串上了，和同伴说话明显心不在焉。

边吃边看是巨大享受。拿着一把肉串叫摊主接着烤土豆，肉串吃完，土豆也刚刚好。

有人辣得受不了了，摊主不知从哪里又变出几瓶啤酒。大家有说有笑，吃得极过瘾。

吃饱后我散步去寨口看佛塔。很短一段路，故意慢慢走。东看西看，走的线路乱七八糟。

这叫晃荡。我喜欢晃荡。

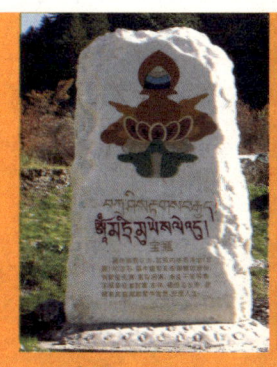

| 宝瓶 | 右旋白螺 | 莲花 | 吉祥结 |

九宝莲花菩提佛塔群。是我见过最漂亮最集中的佛塔群。

9座白塔亲密地挨在一起，塔体用黑色线条勾勒出整齐的藏式吉祥图案。塔群四周插满了密密麻麻的经幡，两头还有转经桶和香炉。香炉的台阶上堆满了拜塔人带来的水果。

有和尚在转圈。经桶拨动的瞬间被我抓拍下来。

角落里有撑开的黑纱帘子，里面堆积了极多的彩色小纸片。第一次见到这种东西，完全不知其所以然。问了站在一旁的老喇嘛，才知道这些纸片叫龙达。都是拜塔的人带来的，本应随风抛洒，但因处在景区里，只好划定范围收拢，日积月累便成了庞大的纸堆。

绸布龙达

龙达

"龙达"和经幡一样，是藏传佛教信仰里特有的物品。

"龙达"是藏语。"龙"是指风，"达"是指马。有的藏学家也把它翻译成"风马"。

"风马"的说法很形象，因"龙达"靠风吹动，而"龙达"中间都印有一匹马，因此有了"风马"的说法。

"龙达"有纸做的和绸布做的两种。有蓝、白、黄、红4种颜色，分别代表天、水、地、火。呈正方形或长方形，上面印有经文和图案。中间是一匹驮着摩尼宝珠的骏马，4个角配雄狮、猛兽、腾龙、飞鸟4种动物，经文穿插其间。

"龙达"因其材质不同，使用的方法也不同。纸制"龙达"都是祭奠或者做法事时顺风抛撒，而布做的"龙达"则用毛绳串连起来，悬挂在栈桥、滩头或玛坭堆、神山等地。组组相连，随风飞翻。有如彩雁凌空，群蝶飞舞。

排列有序的布制"龙达"，和经幡的作用一样，不分昼夜代人祈祷，以表心声。

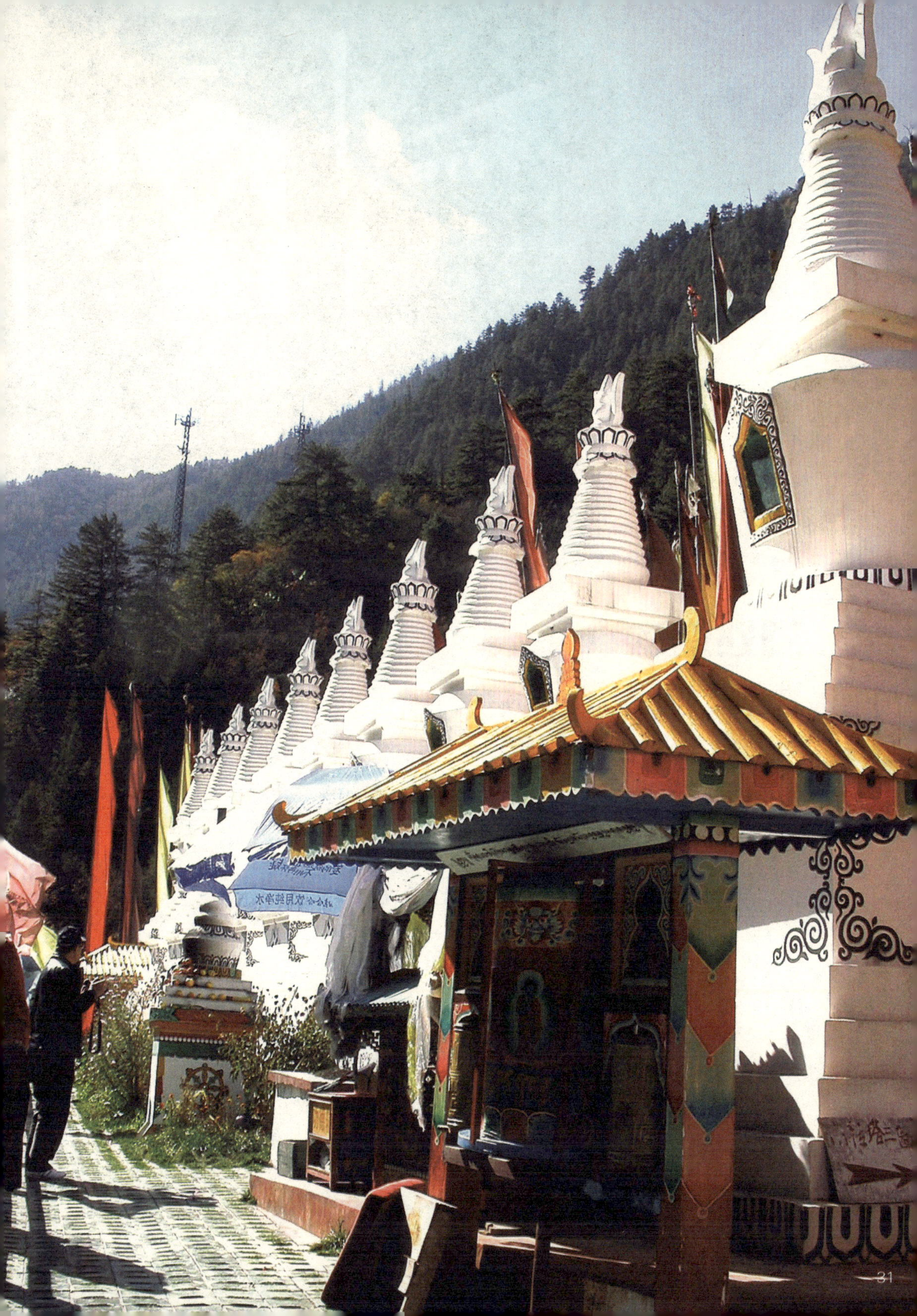

小旅馆的走廊里有一排长长的转经轮

到处溜达
Strolling Around

晚上住在树正。一个有长长转经轮走廊的藏式小旅馆里。

40元一晚。很大一间屋子，安放了两张大床和一个床头柜之后还显得宽敞有余。

墙壁上有猛虎图案的壁挂。被单也是极浓重的黄颜色。

很累。走了一天，什么也不想再做。只愿沉沉睡去。

第2天醒来时已是上午10点整。简单洗漱后出了门。

又被阳光铺天盖地包围。心情爽朗。

在寨子里溜达。一直听到有整齐悦耳的唱经声。似有似无。像CD开到了最小音量。

疾疾地走。整个寨子安静平缓，和昨日并无不同。

问了几个人，都摇头。

后来看见了我在佛塔处遇到的老喇嘛。他正轻靠在一户人家的墙壁上站立着。看见我来，便和蔼地笑，算是招呼。

于是又问他。有了答案。

就在这户人家的屋里，有一群和尚在唱经。3个月前这家里有人去世，早已火葬了，现在请僧人来超度。

每个藏族村寨都有自己寨子的坟场，藏语念"结舌"。非正常死亡的人都不能到坟场安葬。被认为灵魂不灭。他们相信，世间万物并无消失一说，死亡只是灵魂与肉体的分离。人死了其灵魂或升天或入地狱，故要请喇嘛念经超度亡灵。

很想进去看看。老喇嘛说绝对不行。是神圣而私隐的场面，不许外人闯入。

站在门口往里看，二楼的矮墙上有耀眼的白塔耸立着，塔周围是各种盆栽植物，热热闹闹。绸布的龙达在半空中随风飘动。

有几个人在矮墙后面说话，中年女人的声音，说着我听不懂的藏语，气氛热烈。

站在门口，反而听不见唱经的声音了。老喇嘛说这户人家屋舍庞大，僧人们在最里面的屋子，得往里走很久才能到。

沿着屋舍的外墙往后走了好一段，有拐角处出现。应该到底了。

很旧的木头墙壁上积满了陈年污迹，没有窗户，什么也看不见。把耳朵靠近点，声音一下清晰了，间或有法器奏乐声，合音完美。

是我从没听到过的含混调调，充满神秘感。

这无止境重复的声音，我知道，会一直记得它。

殡葬

九寨沟藏族的殡葬有土葬和火葬两种。

人死后要请僧人念经超度亡灵。念经规模视死者社会地位和经济状况而定。

大喇嘛和土官死亡由寺院组织念经，普通人死亡由氏族成员组织安排丧事，请僧人念经。

秋收后至次年播种前死亡的实行火葬。播种后至秋收前死亡的都土葬。

可惜只能在外部打量传出唱经声的屋舍

播种后至秋收前这段时间被藏民族认为是万物复苏、生长的时段，如火化尸体，其烟臭味有辱大佛圣洁，会遭致天灾。

火葬其实是一种更能够被藏民族所接受的葬法。很多人都希望死后能火化。丧主报丧后全村成年人都要参加，大家送酒、送粮。火葬前先要给死者穿上生前的衣物，僧人念经后，帮忙的小伙子争着抱尸体出门（争到的人会被大家称赞有本事）。尸体抱出门后放进简易木棺里，抬到坟地，途中不能休息。把尸体置于事先准备好的柴禾堆上，撒上青稞、糌粑、酥油，将柴点燃，不停翻动尸体，直到剩下白骨为止。

土葬则要先做好一个长方形的木棺，铺好毡垫，将死者穿好衣服仰卧棺内。棺盖钉牢，抬至坟地，入葬后，插数十根经幡。丧事完后，寨上各户要轮流请死者亲属到家进行招待以示慰问。

白马藏族的丧葬又有不同。

如父亲死了要把棺材停放在半山腰避风向阳的岩洞里，等到将来母亲死了，又把父亲的棺材锣鼓喧天地抬回家去和母亲的棺材分男左女右安放在堂屋中间。

出殡那天，母亲娘家的亲属要来几个身强力壮的小伙子，父亲家族也要安排几个身强力壮的小伙子。出殡时间一到，双方亲属争先抬出自己的亲人，以谁先到坟场为荣。墓穴仍按男左女右的习惯，将两具棺材并排一起。墓穴上面横放一层木材，木材上面由死者的子女堆上厚厚的石头，每年清明扫墓，在坟墓上加添石头。不满40岁死亡或非正常死亡者，实行火葬。

天空变幻无常，暴烈的阳光突然被大片的云朵掩埋。光线瞬间暗淡下来。

站在寨子街口的最顶端，面前的景色像画卷一样展开：一幢幢斑斓鲜艳的藏式小楼紧密地靠在一起，二楼的木围栏上开出艳丽的大簇花朵，破旧肮脏的印花布匹门帘，卖劣质工艺品的小店、悠闲散步的村民……

成年妇女的头发
会束成许多细小辫子

她们一面捆柏香一面用吵架的音量聊天，场面热烈。

新房子刚上了彩漆。右下角漂亮的小窗是厕所的通风装置。

　　有蓄长发编细辫的藏族妇女走过街中心。

　　头发是藏族妇女家境的显示。她们在 25 岁后开始编密麻的小辫子。

　　把头发洗后抹上酥油，编成若干细辫披于脑后，集中成三股垂下。

　　蓄发是为了戴头饰。方形或圆形的银盘珊瑚、玛瑙、银珠等都可作为头饰。头饰反映家庭的贫富。上等头饰价值昂贵，一般的玛瑙、珊瑚珠也会卖到五六百。家境贫穷的妇女如果没有头饰宁可不蓄发。

　　奢侈和与人比较的心理似乎在任何地方都存在。这是人之本性，应该获得原谅。

　　寨口的小山坡上有独立的几户人家。似乎和下边人潮涌动的街道并不搭界。它们安静地矗立在高处，有一群妇女在屋前忙碌，大堆的柏树枝堆在面前。

　　整理，合拢，用彩色的涤纶线束成一小把一小把的，放在一边。她们把柏树枝叫做柏香。用来转经时焚烧。代为祈福。

　　看得久了，开始和她们聊天。向她们打听树正的玛堆。说了很久她们才弄明白我的意思。她们叫它"牙则"，所以沟通的时候有片刻的茫然。

　　树正没有固定的玛堆。有村民去西藏朝拜带回来的石头，刻上自己的名字或者经文后，都扔到海子的最深处去了。

　　仿佛水池里的钱币心愿。九寨沟的海子里也落满了有心人的名字和祝福。

35

树正群海边的树

泽旺和
爱笑的 Vivian
Zewang and Risible Vivian

Vivian 和泽旺是我在树正寨遇到的一对很可爱的情侣。叫她 Vivian，是因为她很像宝贝笔下的女主角，有着苍白的皮肤和蔷薇色的唇。

正午的时候我在寨口打听什么地方可以吃饭。有村民朝一个挂满披肩的商铺指了指，说那里好像可以。

我过去的时候 Vivian 正背对着太阳坐在泽旺的腿上。穿了一件咖啡色的紧身毛衣和靛蓝的牛仔裤。头发高高束着，在阳光下泛着栗色光彩。她的胳膊环着泽旺的头，两人正低声热烈地谈笑。

我站在小街的中央，思量着怎么打断这小两口的黏腻话题，问一下午饭的下落。

原来热恋是真的可以达到旁若无人的境界。他们大概腻歪了 5 分钟以上才回头发现我。

咳，我想问这里有没有午饭卖？

有啊，有酥油茶。10 块钱一碗。Vivian 换了个姿势面对我。依旧坐在泽旺腿上。

我不喝酥油茶。想吃正宗的藏餐。

有啊，50块钱一顿。她咯咯笑。泽旺笑着拍了她一下腰，咕噜了句什么。

在哪里吃？

跟我们吃啊，我们吃什么你吃什么。她笑得更夸张了，露出大颗的洁白牙齿。泽旺又笑着拍了她一下腰。这次我听清楚了，是说的不要开玩笑。

我突然对这个有着俏皮微笑、白皙肤色的漂亮女孩产生了兴趣。

你也是藏族人吗？

是呀。

不太像。

呵呵。那你看他呢？Vivian笑着捏了捏泽旺的下巴。

泽旺有一双大而明亮的眼睛、鼻梁挺直、头发微微卷曲、肤色黝黑，是非常英俊的男子。似乎带有一点异域血统。

也不太像。

嘻嘻，其实我们都是这里长大的，出去念了书又回来了。

看来无论说多久的话，这个漂亮女孩都没有打算认真。遂不愿多谈，还是打听午饭要紧。

问完了一条街，才明白树正寨是没有餐馆的。整个沟里只有树正上边的诺日朗服务站有午餐供应。

我昨天经过那里，买了一瓶矿泉水，花了5元RMB。

很大的仿藏式建筑。厅里装修豪华气派，菜品在墙壁上的电子屏幕循环播出。有40元RMB一位的中餐自助。

一想到一个人要挤在那些庞大嘈杂的旅游团队里吃饭，顿时索然无味。最后在寨口卖零食的小商铺里买了一碗康师傅和一盒菊乐的酸牛奶。

等泡面的时间里，坐在长条木凳上望着远处的阳光发呆。

树正的中午是很安静的，基本没有游客。沟里旅游车的顺序是先到沟的最深处，然后再一个站一个站地停靠、驶出。这个时间段，游客都还走不到寨子来。

吃面的时候都能清楚听见 Vivian 的笑声。是真的在开心。带一点小女孩轻狂放肆的味道。也真是可爱。

问了卖给我面的大婶，才知道 Vivian 是外面来的导游，遇到泽旺后就在寨子住了下来。也不清楚她的名字，整条街的人各做各的生意，互不搭理。

后来几天在寨子晃荡时她老是叫住我，说美女买我们的披肩吧。我总是笑笑和她聊几句。披肩是大路货，质地和颜色都不够漂亮雅致。本是挑剔的人，连仔细看一下的兴趣都没有。Vivian 总是和我开玩笑，说回去后别把肠子都悔断了。嘻嘻。

不过我发现，他们其实并没有花多少心思在做生意上。有时下午游客多起来的时候他们反而会关了店门出去玩。在树正群海的木板走廊上遇到过一次，在水磨房边又遇到过一次。两个人总是搂搂抱抱嬉笑疯闹。Vivian 的笑容在那时像一朵盛放的粉色蔷薇，充满迷醉的甜蜜。

突然很羡慕这样热烈的情爱，至少此刻是如此丰盛而剧烈地存在过。不管以后会是怎样，记忆终会附着在这段时光的土壤里开出温暖芬芳的花。哪怕只是幻觉，亦让人铭心刻骨。

我们真的需要很长很长的时间，才能够明白，自己错过了什么样的人、什么样的事。可惜不管怎样，错过了，便永不会再来。

游客多起来时，反而不见了那两个小老板　　在栈道上遇见泽旺和 Vivian

佛祖的胸毛

Buddha's Chest Hair

寨子的最深处，有一面石头垒砌的高墙，白色墙面上有大大的绛红色方形符号。

站在墙对面的小高地上，我凝望它很久。为什么会有这个符号出现。觉得惊讶。

有深绿色的Jeep开过来。停在高墙下的小院坝里。

呼啦啦下来几个高壮的汉子，一面说着话一面从后车厢拖出大块的迷彩帆布和金属的支架。

他们是要搭帐篷，准备在此夜宿。

不像藏族人，却又说着我听不懂的语言。看见我他们统统友好地笑，算是打招呼。

几个人齐心协力，一个大型帐篷很快搭好了。几个人睡进去都可以随意摆任何夸张造型，不会嫌窄。

接着又把睡袋和充气枕头也全部扔了进去。还有可收拢的塑料小凳和皮质的水囊。看来是露营的熟手。

搭完帐篷后，他们过来说话。于是才知道了这个"雍中"符号的意义。

是藏传佛教的信仰符号，愿吉祥、保平安的意思。

对这个符号的产生和来源很好奇。他们面面相觑，其中一人怯怯地说，听说是根据佛祖胸毛的生长方向变化而来的。

胸毛。佛祖。这两个词放在一起真是有喜剧效

藏传佛教苯波派的"雍中"符号

刺眼的阳光下，小楼有着明暗交接的美

无门能比

二楼的胖喇嘛塑像栩栩如生

果。一行人哈哈大笑。

后来知道九寨沟的藏传佛教分苯波派和萨迦派。两个教派信仰相同，但方式上有小异。比如，"雍中"符号的方向是相反的。

萨迦派和苯波派的区别：

1. 各自的祖师不同（萨迦派创始人为辛饶弥沃大师，苯波派创始人为宗喀巴大师），因而寺院的壁画、塑像各不相同。

2. 念诵的真言不同。萨迦派为六字真言"唵嘛呢叭咪吽"，苯波派为八字真经"悟嘛之弥也萨来德"。

3. 苯波派的法器（转经轮、转经桶等东西）的旋转方向为向左旋转(逆时针方向)，而萨迦派的法器旋转方向为向右旋转(顺时针方向)。

4. "雍中"符号方向不同。苯波派向左为"卍"，萨迦派则向右为"卐"。

对于"雍中"的来源两派也有不同的说法。萨迦派说变化于古印度表示圆满、清净的符号。苯波派说来自香巴拉王国内的九重雍中山，雍中的形状

顶上的藏文装饰图案

悬挂的密密麻麻的熏肉

颜色艳丽的经桶

是仿照太阳光芒四射，象征光明不绝的意思。

5. 宗教仪式摇法铃时，萨迦派的铃口是朝下的，苯波派则朝上。

两个教派虽在教义活动中略有不同，但并无原则上的分歧，相处和睦。如若僧人由苯波派改信仰萨迦派，须先向苯波派缴纳一匹马或两头牦牛，反之也一样。

白墙旁边是一栋很漂亮的三层藏式住宅。木制的彩漆转经桶悬在二楼的走廊边，有很好的装饰效果。

这户人家的旁边还有一个崭新的两层房。二楼处有两个胖喇嘛吹法器的塑像，大小按照真人比例，面部表情栩栩如生。塑像下边是一长排苯波教的雍中符号。

他家的门绘得非常精致，整个寨子无门能比。

门前摆着"欢迎光临"字样的地毯，却门户紧闭。可惜不能进去细看。

从木楼梯往上走，去到先前所见的白墙隔壁那户人家。走廊的顶上有手绘的圆形装饰图案，写满了看不懂的藏文。静默的经桶很漂亮，有凹凸的彩色花纹。

再往里便是二楼的小院坝了。有年轻的女孩在做家事，看见我来，只漠然地说，喝茶里面去吧。

穿过一条黑乎乎的走廊，到达大厅。有老奶奶坐在火塘边打盹，发福的身子缩成一个圆团。大厅很漂亮。靠里面墙壁的红漆镂花木柜里，凌乱地摆满了各种亮闪闪的铜制器皿。柜子下边挂了印有飞龙图腾的壁毯。火塘设在大厅的中央，上方吊满了密密麻麻的熏猪肉。火塘旁边是深胡桃木色的碗柜，柜子的半腰上，装饰有嵌着红、绿松石的银盘饰物。

这是一个和满宽裕的家庭。整间屋子看上去温暖而烟火味十足。这是他们每天生活的地方，和我之前去过的纯做展厅的藏家楼当然有很大的不同。

老奶奶给我兑了一碗酥油茶，叫我坐。"沙发"在红漆镂花木柜的前边，坐下去后，刚好看到那悬了一屋顶的熏肉。颇为壮观。

藏族也有吃腌熏肉的习惯。牛羊肉是他们的主要肉食品，一般多在秋末冬初

冲兑的小碗酥油茶　　　　　　　　　放在小桌上的铜皮转经轮

碗柜的装饰细节让人看了再看

宰杀，之后会留一部分鲜食，其他的撒盐、熏干，放至次年食用。熏肉吃法多样，或放入盘中做"手抓肉"，或切成小块混合洋芋、酸菜煮肉汤喝，这道菜的藏语名字叫"西都"，不用说真吃到，光是想想都口水长流啊！

坐下来后才发现大厅的墙壁上挂有几幅颜色夸张的佛像画。笔法非常精细。

是唐卡。

有朋友最爱收集这个。几乎痴迷。去了西藏两次，每次都背回来一大堆。卷起来放在家里的书架上，有兴致时便会一幅一幅打开来看。

其实平素是喜欢简洁的女子，并无宗教信仰，家里的摆设也清爽淡雅。一直都不明白为什么会痴迷这种与她生活格格不入的东西。

喜好，有时也是蛮奇怪的。比如五大三粗的男人喜欢摆弄缝纫机，娇小可人的女子开始钟情跆拳道。

唐卡

简单地说就是采用矿物质原料绘成的卷轴画。据记载，西藏在七、八世纪时就开始绘制唐卡，这种做法源于印度说书、讲故事时悬挂图像，逐一指点、宣讲的习俗。

绝大多数唐卡表现的都是藏传佛教的主题，其张挂展示的方式也与佛教仪式有很大关系。因此，唐卡作为佛画是神圣而受到信徒们尊敬的。收存唐卡于是有了一定的规矩，需由下向上小心卷成一束，大大咧咧随便乱卷会被视为亵渎神灵。

对于藏传佛教僧尼们来说，唐卡是修行时必不可少的用具。礼拜唐卡可获功德，有许多藏传佛教信徒的家里都挂有唐卡加以供奉，有人还亲自作画，献给寺院装饰殿堂。

最壮观的场面听说是节日和法会时的晒画仪式了。僧人们将寺院中珍藏的唐卡取出，向民众及香客展示，期间大家或说或唱，载歌载舞，场面隆重而盛大。还听人说晒画时，有的巨幅唐卡能够铺满整整一面山。

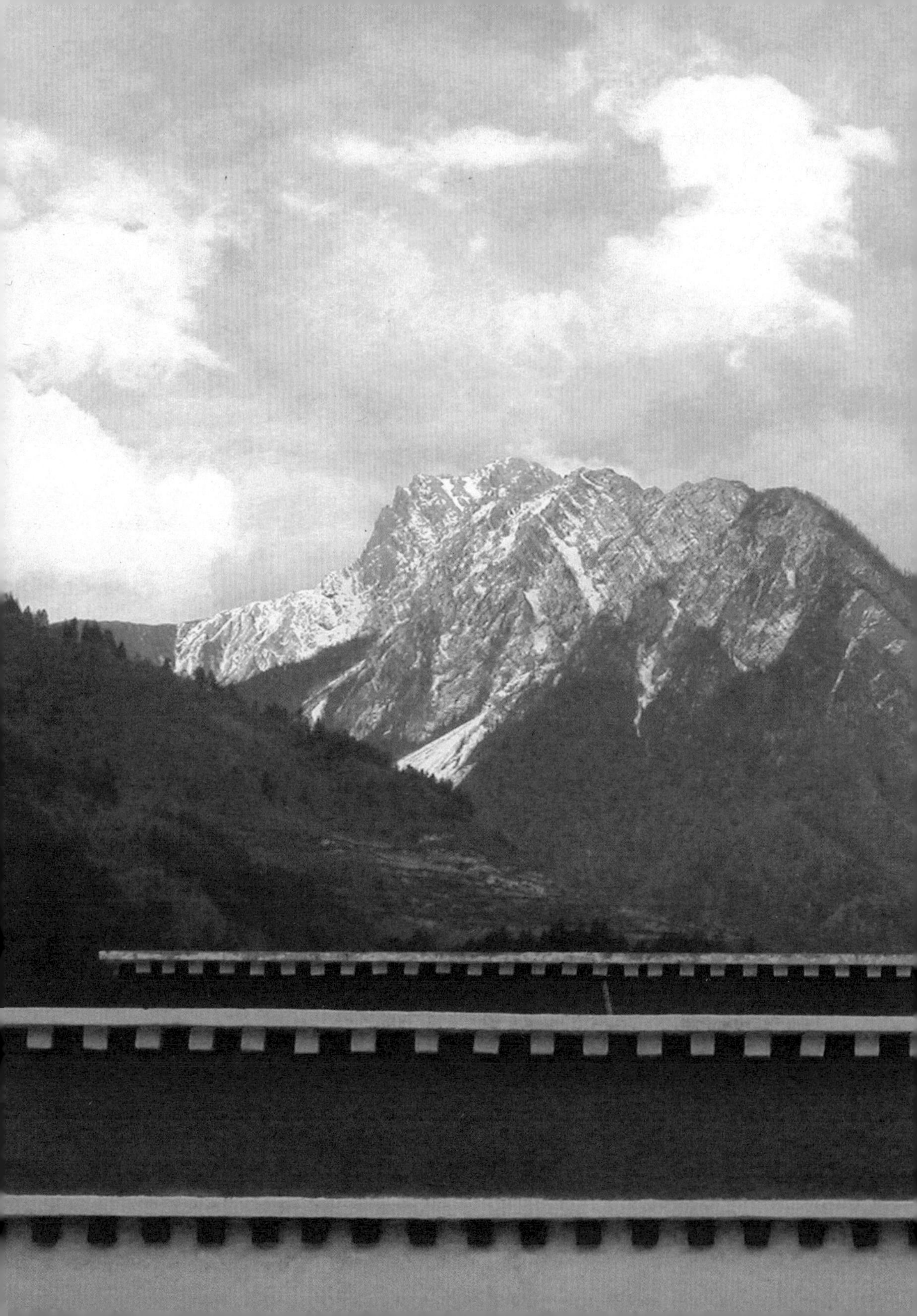

荷叶寨及扎如寺

荷叶寨及扎如寺

荷叶寨丢脸事件

Something Funny in Lotus-Leaf Village

　　荷叶寨是离沟口最近的一个藏寨。进沟那个早上给我留下了深刻而美好的印象。

　　寨子前的公路对面是一大片荒草地。旅游开发之前，那里曾是年年出产土豆、玉米的良田。为了保护景区绿化资源，N年前政府号召村民退耕还林，那片地于是成了现在这副模样——稀稀拉拉种一些小树，还煞有介事地用水泥做的仿木栅栏把那片空空荡荡的地围起来。

曾经的田野

　　那就只好去寨子里看房子了。除了看房子，也想不出这里还能看什么。

　　那些房子，在刺眼的阳光下鲜艳夺目。墙面绘满关于自然和信仰的图案。大量采用红白两色，是对生的热爱和崇拜。门口有小型的佛塔，也是干干净净的白。日晒雨淋也不旧黯。

　　都是统一的两层建筑。有叫不出名字的小花在墙脚迎风盛开。

　　寨子很安静。风吹过路边密密麻麻的经幡，呼啦啦地飘。

　　拍了很多照片。一直走到寨子的最深处。遇到一个背了一背小白萝卜缨缨的老大妈。她一直缓慢地走，没有任何表情。出现在寨子的陌生人太多，她甚至眼皮都不愿抬一下。

　　看着她转身消失在墙的拐角处后，我发现目光的正右方并排有两根奇怪的"参天大树"，褐灰色"树干"

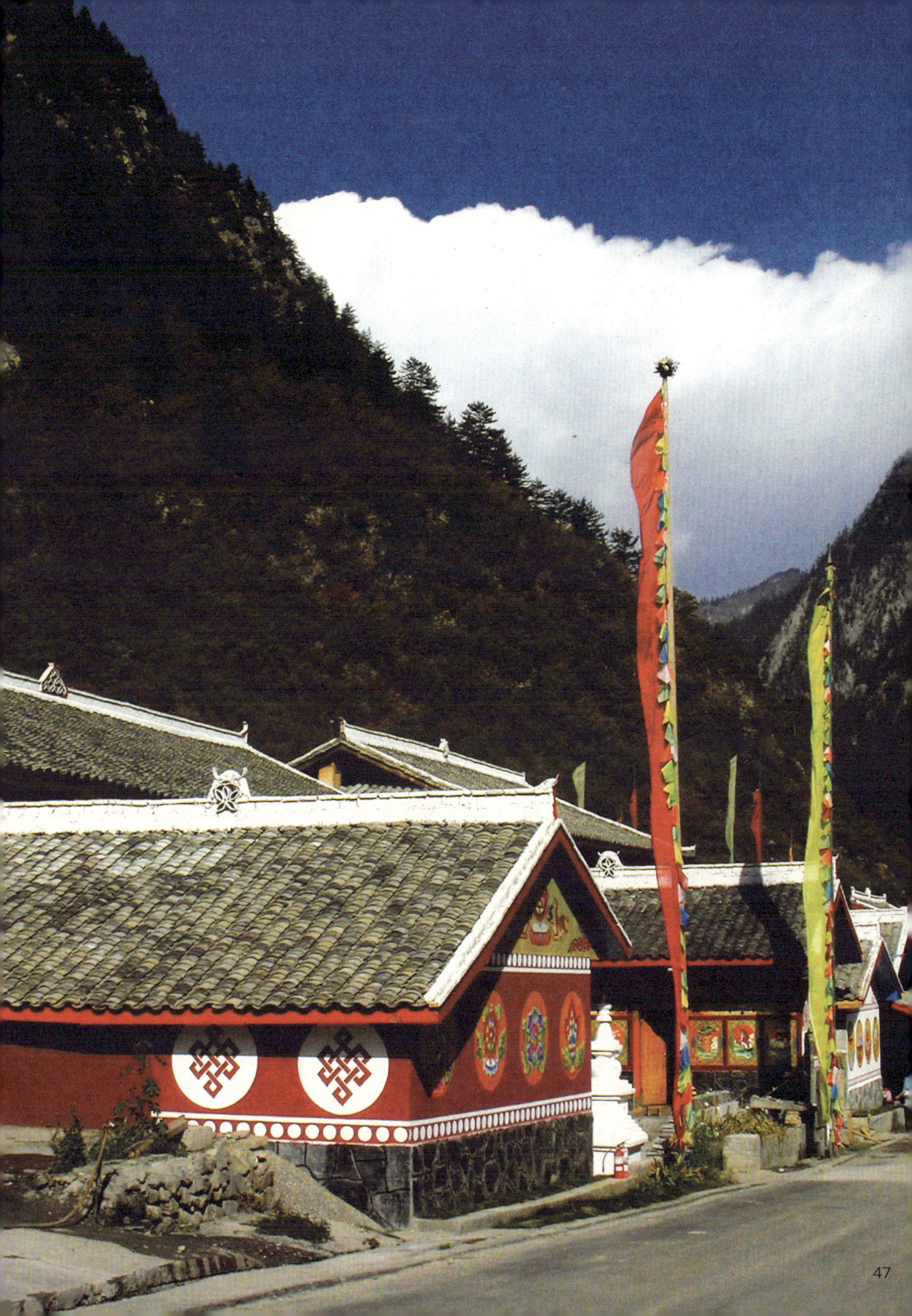

荷叶寨及扎如寺

的顶端还有些规则分布的圆盘和枝桠。

立刻有强烈的好奇心蹿出来。这个长相奇怪、高耸入天的铁皮东东是做什么用的呢?

正午的阳光下,有村民在屋前的小片菜地里劳作。遂上前打听。

那村民看了我很久,说你不晓得啊?你城里来的不会不晓得哦。那是通手机的,接电话的。

哦。手机信号塔。那怎么有两根呢?

这个问题问住他了。想了一会儿,对我说一根沟外通话一根沟里通话。

道过谢后对刚才的对话存有疑虑,又说不上来哪儿不对。正午的太阳照得头有些晕晕的。

刚好遇到个扛相机带墨镜的男人走过来,便又找他问问。

他大惊小怪地看着我,说怎么可能一根沟里一根沟外哦,用脚指头想都知道一根是移动一根是联通嘛。

啊哦。真是蠢笨到家。

两根模样奇怪的铁皮东东

48

沟口有个扎如寺

Zaru Monastery at the Mouth of the Valley

离开那天上午,沿火花海和双龙海的木栈道一直往下走。一路景色绝美。

有死去的老树,横在水里面,光秃的枝桠清晰可见。树冠处有猝然的绿色,不知是不是附着大量的绿苔藓。

水下更深处,有更多细密的枝桠,姿态缠绵而妖娆,延绵不绝,一直伸到水中央。

不断有枯黄宽阔的叶片旋落水面。发出极细微的"啪啪"声。

一路走下来,几乎没碰到一个行人。

遇到奇妙的景色便兀自站着安静地看。

走累了,找处干净的木板坐下,望着湛蓝的海子,剥巧克力吃。

刺眼阳光下,寂寞而浪漫的独行时光。

扎如寺是我在沟里去的最后一个地方,位于扎如沟宝镜崖下。

寺院在扎如沟深处,离公路有一小段距离。有特定线路的小巴士等在路旁,5分钟进去一次。

扎如寺建于明末,藏语叫"然悟贡巴",属藏传佛教苯波派。寺院占地15000多平方米,土木结构,有着浓郁的藏族寺院建筑特色。它是沟里惟一的宗教活动场所,也是我在九寨见过最肃穆巍峨的一所寺院。

寺院为三层建筑,墙体用块石砌成。底层用了方形的朱红色棱柱,柱头部分雕刻了立体的鬼脸图案,上面托着粗大的雕花梁木。

房檐四周竖有镀金金幢,上面挂着风铃。大殿的瓦房顶上有两个金顶,中间是金法轮,两面为护法兽。一大一小,金光耀眼。

空气里有浓重的香烛燃烧的味道

殿内宝藏丰富。有释迦牟尼像1座，镀金佛像2座，雕像24座。

装饰外部的金顶、金幢、净水宝瓶、金刚杵、法轮和殿里的唐卡以及佛像，都是寺院派僧人到青海、西藏等佛教圣地采购的。

寺院门口，伫立着一长排白色佛塔，左右各9个。

又是9。九宝莲花菩提佛塔群也是9座塔。

从前曾听过佛理里有九九归一的说法。不知道白塔的数量是不是根据这个意思来的。

寺院的角落处，有巨大的金色转经桶。为其遮风挡雨的顶盖绘得极精致，每一层的花纹颜色均不相似，搭配在一起，有浓郁华丽的美。

经桶四周插有颜色暗旧的经幡。有大量的乌鸦在经幡顶端盘旋，它们不断飞远又折回来，偶尔发出"啊、啊"的叫声，回荡在空寂的寺院里。

顺着经桶一旁的小道往外走，赫然看见一座"巨无霸"白塔，有五六层楼那么高吧，人在下面走过，比例小得可以轻松忽略掉。

寺院左面的围墙上方，刚好能够看到终年积雪的扎伊扎嘎山。它的主峰海拔高度为4432米，是九寨沟有名的佛神山。

佛神山

佛神山是藏传佛教的象征，藏族人称它们为"尼"。九寨沟的扎伊扎嘎山、松潘的小西天、黄龙的雪宝顶，都是"佛神山"。

阳光下的袅袅青烟　　　　　　　　寺院门口的18座佛塔

佛神山是佛教徒开展信仰活动的主要场所，他们通过转山磕长头、诵经祈祷，达到清心净身的目的或者愿望。朝圣者要口念六字或八字真经，转山途中一条小虫都不能踩死，还要布施"众生"（糌粑用来布施蚂蚁等小昆虫，麦粒用来布施鸟类和松鼠等动物）。

扎伊扎嘎山是一个峰峦叠起的群峰，主峰尖削峥嵘，像一柄银色的巨剑，直刺苍穹。
它与山下的扎如寺遥相呼应，是九寨沟藏传佛教的象征和体现，是信徒朝拜和转山的圣地。

转山，在藏传佛教信徒的心里，是极其神圣的一件事。有的人甚至会当作一年中最重要的事来完成。
问了扎如寺的喇嘛，才弄清楚转山的全过程。
喇嘛讲述的时候，有高大的白种男人站在旁边做笔记。大而厚的牛皮本子，钢笔在上面斜着"唰唰唰"拉出一些奇怪的线条。不熟悉的别国文字。
听完后，他站在寺院的中央望了扎伊扎嘎山很久。神情平静。

五六层楼高的"巨无霸"白塔

那时的天空，是九寨少有的阴沉。阳光似乎骤然收拢到了云里面，天色惨白一片。

离开时，停留在寺院顶的乌鸦"扑棱棱"腾起，黑色的翅膀展成锯齿形状，顺着风滑翔。

那画面，一直停留在我的记忆里。

盘旋的乌鸦群

转山

每月阴历十五是藏传佛教徒转山的时间。藏族人崇尚阴历"十五"，如转佛神山、家庭念经、各寺院的佛法会，时间都选在阴历"十五"。

转山纯属藏传佛教的信仰活动，有磕长头转山和徒步转山两种形式。

徒步转完扎伊扎嘎山，只要一天时间。转山时需带上柏香、龙达、经幡、青稞酒等贡品，有的还要带上木制的兵器（也是玛坭的一种，后面的章节会讲到），或在山脚下做一根小木棍，上山时当拐杖用，到山顶时插在玛坭堆上。在转山途中边走边念六字或八字真经，到山顶焚香磕头，围绕柏香堆转上三圈，边转边撒龙达，插上经幡，然后席地而坐，相互敬酒，品尝各自带来的食品。

磕长头转山又有两种形式：一种是用两个带把的木杈，每念唱一句"唔嘛知弥也萨拉德"，便向路边弯腰，木杈着地，向路的左右两边磕两次头，这样转山形式叩完扎伊扎嘎山约需4天时间。

另一种是从起点开始便一直匍匐前行，用自己的身躯丈量路程，最后又回到起点上。这种磕长头转山的形式是最艰难而又最具有权威性的一种。转山人每天要预计好自己到达的地点，早晨把行李背到预定地点，然后返回一路磕长头过来，吃完午饭后，又把行李背到固定夜宿的地点，再次返回原地磕长头到达预定地点过夜。这样反反复复，路上要过河流、爬草地、卧荆棘、翻石坎，特别是下山的陡坡，一不小心就会滚下山去，一路上真可谓历经千难万险。这种转山形式丈量完扎伊扎嘎山约需7天时间。

一路目光所及，树的姿态缠绵而妖娆

喇嘛石

黑溪峡谷

芝蔴塘

漳扎

南坪

迎宾街

千海子

沟口

干河坝

双河乡

在周边晃荡

未来的九寨边边街

The Future Bianbian Street in Nine-Village Valley

出沟时，收到小Y的短信。说有个成都朋友过来了，大家聚聚。

到沟口的德克士店时比约定的时间早了一刻钟。

点了一对香辣鸡翅和一杯热红茶。收银小姐是当地的汉族妇女。她们一边工作一边旁若无人地交谈，互相取笑谩骂，说着我也能听懂的当地脏话。

选了靠窗的位置，刚刚好能够看到景区入口的绿色草坪和碎石花纹的灰色小径。

有两个穿藏装的小孩在草坪上玩耍，大一点的男孩子拿着简易的傻瓜机给小女孩拍照。小女孩憨憨地咧着嘴笑，在草坪上滚来滚去。

有人说，喜欢观察小孩子，是变老的表现。

看他们天真的一举一动，经常可以一坐就是半天。有时候上网看到可爱孩童的照片，会下载到自己的图片集里。还曾带着数码相机在大街小巷转悠，拍他们的哭脸、小动作、胖胖的手和脚、有趣的发型……总是可爱的。带来巨大的快乐。

他们很快也到了。两个人都背着大大的背囊，风尘仆仆的模样。

把包随意放在地上，小Y带来的朋友大方地朝着我笑，露出洁白的牙齿。

袁意。成都"意逸"画廊的老板。小Y介绍说。

哦，艺术家？我笑着看他一眼。二十七八岁的模样，穿一件打磨粗糙的小牛仔外套，棉布衬衫的小领子露在深色线衫外面，很时髦精神的装扮。

哪里，只是小生意人而已。他谦虚地笑。

之后很久无话。一直是小Y和他在聊。说了些成都的事，我没什么兴趣，于是有一搭无一搭地听着。

后来他们开始聊各自的生意，并开始分析九寨沟市场的潜力。

袁意突然问我，如果在九寨沟盘下一个小店面，手里剩下五六万的启动资金，我准备做什么。

我愣了愣，思维有片刻停顿。

从来没有想过如果我有一个小店我可以干什么。是天生随意散漫惯了的人，素来没有经济头脑。

首先应该会把它打扮得漂亮吧。

深色木头的窗棂处垂下暗红色的细纱窗幔，站在窗外可以看到里边晃动的人影。用颜色陈旧的小块方型砖铺地板，用印有小碎花的壁纸贴墙面，角落里摆放枯草藤编织的小圆凳和式样简单可爱的老木家具。一面墙挂满夸张特别的饰物——粗犷的旧银镯子、俗艳的红绿松石和石榴石的戒指、骨头吊坠、大串的贝壳和金属珠子的项链……摆得热热闹闹，有着大俗大雅的美。

另一面墙上挂满各式的白衬衣。宽大的修身的、纯棉的雪纺的、柔软的挺括

取景边边街

57

的……式样一律简单，但不能忽略细节上的小设计，尤其是衣袖，应该有精致的扣子或者与衣料同一色系的刺绣花边。

颜色是统一的白色，月牙白或者荷花白。稍稍带点黯淡的白色。

这样的白衬衣和那些夸张的饰物是绝配。百搭不俗，且永不会出错。混乱抢眼的天真感觉。

小Y说他想开个烤火吧。九寨昼夜温差大，夜幕时分，游人突然步入一个炭火燃烧的小店，肯定会移不动腿脚。大家可以围着火盆喝啤酒和冰可乐，吃熏烤熟的羊排骨和鸡翅膀，放足辣椒粉和孜然末。边吃边畅谈人生，那些关于爱情婚姻、身份个性的话题，以及与众不同的生活经历和旅途中的所见所闻……之后各自陌路。但旅途因为这温暖的炭火，而变得有情有意，心有留恋起来。

谈话很热烈地展开着，每个人脸上都有不同程度的兴奋表情。气氛愉悦。

奇怪袁意怎么会突然挑起这样的话题，他解释说最近都在考虑这件事，是真的有心想来九寨经营一个小店，这里有大好的商机和绝美的风景。

他问我去过丽江的四方街吗？

我说，去过。并且留下了深刻印象。那里有很多稀奇古怪的手工艺小店和大堆大堆挂满漂亮木雕和布匹的酒吧。

他说，九寨沟也有这样一条商业街，叫边边街。是继丽江的四方街、大理的洋人街、阳朔的西街之后的中国第四大旅游休闲街。现在正处在后期施工中，2005年盛夏时节开始向游人开放。

突然非常有兴趣。

他问，要不要过去看看？

我说，好。

拿着包跟着他们出门。外面已经刮起了大风。袁意主动帮我拿包，并叫我把衣服扣好，免得着凉。细心体贴的关照。

出了沟口一直往右走，经过一个很大的空地，是外来旅游车的停车场。早上会密密麻麻地停靠很多大型巴士，到了傍晚才陆续离去。

靠近右面的山峦处有一排高大挺拔的落叶树，大风呼啸，树干也纹丝不动，仿佛坚强稳健的武士。

我们一边走一边闲聊着与九寨有关的电影。再往前，是一条清澈的小溪，在河床里缓慢流淌着，发出细微的响声。

边边街就建在这条小溪旁。碎石块和浅褐色木头混搭建成一楼一底的房体，房顶铺了整齐的深灰色瓦片，用白色涂料勾勒出边角轮廓。一楼做店铺，二楼是旅社。整条街全长2.2公里。

之前的九寨沟，来过的朋友都是这样的旅行感受：白天进沟，晚上睡觉。无事可做的夜晚降低了旅游的快乐。

有了边边街，九寨游将不再只是单调的游山玩水。袁意眉飞色舞地向我们描述怎么玩遍边边街：白天进沟，傍晚出沟后到边边街品尝火锅、西餐、藏餐以及各色民族小吃。酒足饭饱之后便是逛店时光，SHOPPING 来自印度、尼泊尔、丽

在周边
晃荡

60

江、阳朔、大理等地的各种特色商品。到华灯初上时，要赶紧抢占地盘欣赏九寨沟本土的民族歌舞。再晚一点，就猫进"YY慢摇吧"、"藏酷酒吧"里抱着啤酒、咖啡、盖碗茶浅酌低唱。累了醉了，便找个临街二楼的个性旅店住下。要不就干脆花一点散碎银子租个帐篷，捧几只兔脑壳和几块牦牛肉，倒一土碗青稞酒，枕着满天星斗，听着涓涓水流，和对面帐篷的GG谈情说爱，在白水河边过一晚"混帐"日子。

袁意说街的中央，还有一个关于色嫫女神和达戈男神传说的故事的景观造型，很有点意思。苯波图腾像作装饰的石壁里，有被当地人奉为"神泉"的生命之水，终年不竭地自壁眼流出……

突然有了很期待的心情。

2005年的盛夏，将会有一大批性格各异的手工艺人、酒吧老板、特色餐饮厨师、CD收藏家、会剪裁缝纫各式棉麻衣服的漂亮女子聚集到这里来。

往日冷清的九寨夜晚，从此将会有喧嚣热烈的快乐。

有雪，似乎更寂寞。

11月15号，干海子的第一场雪
The First Snowfall at the Dried-Up Lake, November 15th

第二天睡到很晚，快到中午时被小Y的电话吵醒。他听当地赶集的藏民说干海子那边下雪了，叫我一起去看看。

早前就听说过这个地方，离松潘和九寨沟两县交界的弓杠岭非常近。是九寨沟塔藏乡干海子村驻地，原为高山湖泊，面积有1000多亩，后因地质变化，出水口扩大，蓄水流失，故有了干海子之名。

曾有朋友在网上传过它穿夏装的照片给我看。极其娇艳美丽。四周远山层叠，树木茂密。海子中有浅薄的溪水蜿蜒流淌，不知名的漂亮植物蓬勃生长其中，开放出一片片浅紫和艳黄色的花朵。

一棵孤伶的树长在海子中央，让整个大全景顿时有了焦点和让人惊艳的美。

午饭后我们拦了一辆车，直奔那里而去。

那天没有太阳，天色隐隐透出发灰的浅蓝。我确定自己不久就能看到一场大雪。

车在盘山公路上行驶了很久，气温越来越低。密闭的车厢里有些缺氧。一路都是墨绿色的松柏，看得有些倦了，便闭着眼把头靠在玻璃窗上休息。

师傅说到了。慌忙抬眼。呵，真的下雪了。海子对面的山峦全成了白色。

我们兴奋地邀师傅一起下车看雪，他摇头，表示更愿意呆在暖和的车里等着我们。这样的景色在他眼里实在稀松平常。

一下车便被纷扬的雪花包围了。大片大片的，比电影里开着鼓风机吹起来的白色塑料泡沫粒小不了多少。

海子里全是枯黄的衰草。顶端长有深褐色状如狗尾巴草一样的东西。溪水因为衰草根部的腐败而变成浑浊灰暗。

海子对面是一大片衰草地，少许青绿色的杂草混在其间。有几匹马贴着地面安静找食。

冰冷的风从空荡荡的四周涌过来，手和脸开始渐渐被冻得麻木了。

有长长的木头栈道通向海子那边，越往里走，积雪越厚。且会产生移步换景的效果，每一个角度拍摄下来的海子模样都有很大的不同。

在栈道上拍那些长在海子里的树，形态各异，都是扭曲倾斜地生长着。有雪落在上面，积累成团状。往日艳丽的花朵都已枯萎，变成和海子相似的颜色。

栈道上有很多脚印，是前面来过的人留下的。都是宽宽大大的足迹，看得出来多是男人的。

后来照片也不拍了，只是愣愣地看雪。

脚印密集，心事凌乱。

秋天，我拍到同一棵树，它看起来很孤单。

小丫站在离我很远的地方，似乎也没有要跟我讲话的意思。

第一次见到这样大的雪。并且是还在堆积过程中的雪。

3年前J曾对我说，一起去西岭雪山看雪。当时我还是少于出门的懵懂学生，对西岭雪山这个名字感到很陌生。他提醒，就是"窗含西岭千秋雪，门泊东吴万里船"里说的地方。

"窗含西岭千秋雪"后来一直念着这句话。觉得是太美的意境。初中时就学过的古诗，是从那时才开始有了深入骨髓的体会和感悟。充满了向往。

在这个时候，想起他来。想起他曾经对我说，要一起去看雪。

当我真的来了，他却早已不在身旁。

19岁的时候我认识了J。一个79年出生的双鱼座。

他是一个父母经常不在身边、独自长大的小孩。从他记事起父母就一直争吵不休，他时常被寄放在亲戚家里，晚上睡觉时会面无表情地流下泪来。

初中时，父亲离开了家。整整3年他们没有见面。直至念大学时他才去到父亲之后生活的城市。

家庭的不幸福让他有了隐藏而艰涩的疼痛。

他在22岁之后长成外型清瘦、内心桀骜，如燃烧的桦树般热烈开朗的男子。

爱穿简洁的T恤衫和颜色模糊的仔裤。蓄长发，却又不喜梳理，手腕处总有黑色的头绳，方便随时把蓬乱的头发束成扫帚小辫。

没有人看见他的伤口。

成年后，他和父母分别呆在3个不同的城市里。偶尔通电话。
2004年的春节他一个人背着包去了四川的丹巴。一个有高大碉楼和绝美风景的地方。
除夕夜走在冷清无人的街上，路边有小餐馆的老板一家人在吃年夜饭，招呼他过去。看着别人一家人快乐温馨的场面，心里有酸涩的感动。
半年后的夏天他一个人骑单车去了拉萨。用了30天时间。
途中经过了很多漂亮闭塞的藏族村寨。遇到很多奇怪的人。还曾深夜经过狼群出没的山岭。
一直骑，心里的孤单给了他巨大的动力。因为没有温暖的留恋，才有勇气一直向前。

不断的行走，有时只是因为太寂寞。
我们的生活，总是为了期待而感伤着，为了失望而忍耐着。

回程时候，经过塔藏乡的达吉寺，停留了10分钟。站在簇新的寺院里我默默许下心愿。愿他的心情平和静好。伤痛终会成为过去。

在县城晃荡

Sauntering in a County Seat

九寨沟县城原名叫南坪县。

在九寨沟的日子去那里晃荡了很多次,内容基本都是跟吃有关。

从沟口去县城,没有公交车,但是有很多的士供你拦。接近一个小时的车程只收 15 元钱。这是通价,便宜得令人惊讶。

惟一不足之处,就是司机得拉满 4 个人才出发。所以很多时候,去县城的的士都会在沟口和漳扎镇之间转圈圈。直到遇到其他 3 个和你目的相同的人。

每次去县城,心情都愉悦无比。

这个川西北的边远小镇,至今还保留着大部分 20 世纪七八十年代的古旧建筑。城郊的农人们还习惯于背着篾条背篓上街赶集购物。

大量的鲜艳布匹垒在街口处等待出售。摊主是朴素的中年女人,脸上有习惯性的疲惫神情。小型的录像放映厅设在小镇的热闹地段。每天重复播放着 N 年前红极一时的港台打斗片。

移动的汤粉小铺子

杂货铺的门口有拍大头贴的机器。生意冷淡。这种仅供娱乐的模糊小照片价格不低，对这里的人来说是奢侈品。

有小小的新华书店开在小镇的最中央，大概五六十平米的样子，摆着稀稀拉拉的大众书籍和音像制品。充沛的阳光让整个店堂看起来干净明亮。

总是那位年轻英俊的男店员站在门口。每次去，都会主动问你要什么书。我要的书，这里一本都找不到。但那礼貌温和的笑容，让我对这个小书店充满了好印象。

书店对面有一个卖报纸和过期杂志的小摊。《瑞丽》、《女友》摆得十分显眼。

见我摆弄相机，原本坐在路边的摊主马上靠了过来，望着镜头一直笑。和他随便聊了两句。了解到这些旧杂志都是从绵阳收来的，销量还不错。

每次去，都喜欢流连在那些卖东西的小巷子里，一家小摊一家小摊地挨着逛。糖炒板栗、土豆糍粑、酥油团、酷似雪茄的叶子卷烟、一长串儿的修鞋小摊、手工篾器……

有脸盆大小的饼，挨个架在沾满面粉的木头柜子上。当地人叫锅盔。

我生活的城市也有锅盔这种小吃，但模样和味道和这里的都不同。

做锅盔的炉子就在小摊的后面。铁皮炉。上面堆着大块的木炭和网眼煤。

上下都有热量。锅盔放在中间的平铁锅里，慢慢被烤熟。散发出面粉被烘焙后的淡淡香味。

白味的3元一个，加核桃仁的5元一个。

是很好的干粮。放在包里一个星期都不会坏掉。

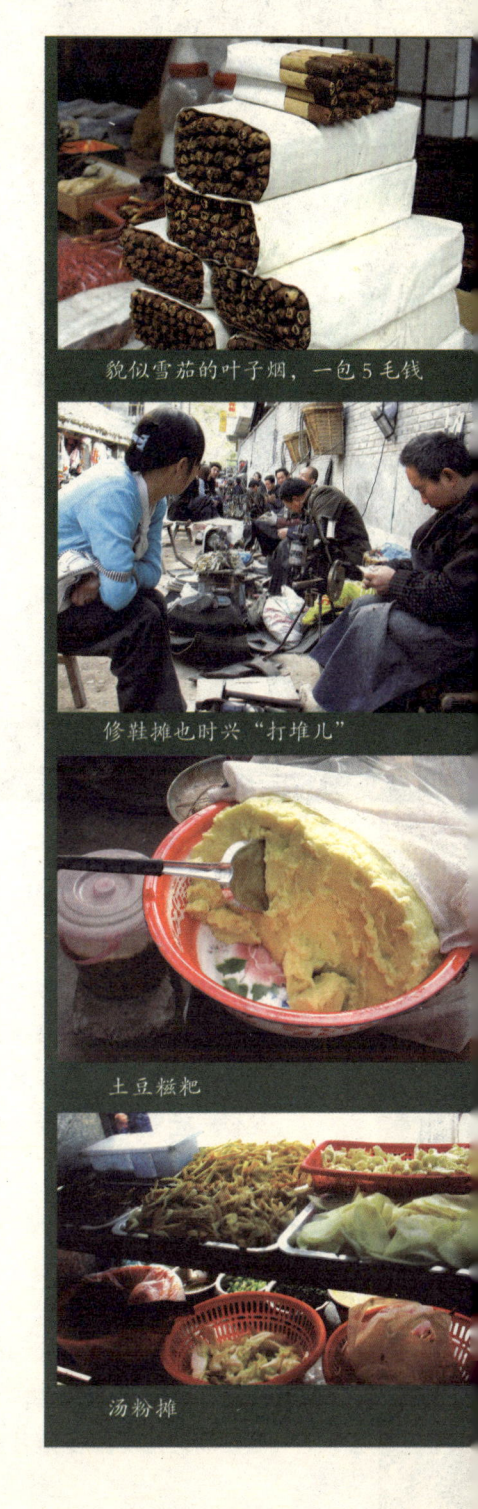

貌似雪茄的叶子烟，一包5毛钱

修鞋摊也时兴"打堆儿"

土豆糍粑

汤粉摊

脸盆大小的锅盔

　　有架着大锅和菜柜子的人力三轮在马路边来回走动。锅里的卤味汤料永远保持在将开未开的温度。摊主做着烫菜的小生意。

　　金针菇、豆腐干、木耳、土豆、海带丝、豆芽、花菜……提前洗净归纳好，堆在玻璃柜子里。根据顾客的喜好，烫熟装碗，搁上辣椒、味精、葱花。摊主心情好的话，会再给你放几滴香油。

　　端给你后，会一直等着你慢慢吃完，才收碗走人。

　　这样一碗冒菜，当地人也叫它汤粉，只收2元钱。

　　一家很小很旧的熏肉店铺开在窄窄的巷子里。取了个很开胃的名字，五香腌腊店。

　　店主是个理着整齐小平头的中年胖子。一脸好脾气的表情。

　　熏腌过的猪肉、猪蹄和腊肠用油浸浸的麻绳系住，悬在店面的匾额下面。肉皮被柏树枝熏成了深酱色，散发出特殊的烟香味道。

　　靠在墙边拍了很多照片。

等待出售的酥油团

熏肉店店主和他的熏肉

　　一直对腌制的食物有着固执的喜欢。小时候每到年关，妈妈都会灌腊肠。买来新鲜的猪小肠和猪肉，洗净码好。灌之前把猪肉剁碎，混进大量的盐、一点点辣椒、花椒和切成粒的橘子皮。灌好后，放在铁皮桶里，寻个空地点燃柏树枝一直熏。

　　一天的光景，腊肠就做成了。之后便挂在厨房里，会一直吃到过大年。

　　长大离家后，也喜欢寻找有美味腌制食品的小店。去了城郊的"农家乐"，通常在路上就会眼神迷离地想念"花菜炒老腊肉"这道菜。

　　有营养学专家称，腌制食品中含有过量的亚硝酸盐，有致癌的可能性。我置若罔闻。依然放心放口。

　　有朋友对生命的态度过于谨慎，她甚至连卤蛋都不吃。

　　我从不命令自己，不能这样只能那样。对生活小事如此，对感情亦是如此。

　　心里装着太多规矩和约束，人生只会了无生趣。

　　路边有篾篮装着的苹果出售。用浅紫色的布兜着和大白菜摆在一起。6毛钱一斤。个个红润饱满，生脆甘甜。模样像极了超级市场里的进口红富士。

　　还有熟透的柿子。和辣椒挨在一起兜售。一筐一筐搁置在小巷的墙根处。

　　卖水果的女人们并不守在摊前，她们大多拿着些简单的家庭手艺活，蹲在一旁边做边聊天。孩子们在附近嬉笑着跑来跑去。

　　细碎缓慢的小镇生活。

芝麻寨　八屯寨
　　　　玛尼堆
大录寨　　　　神仙石蜡

　　　　　　黑河大峡谷
　　　　　　　　喇嘛石
嫩恩桑措
　　　　　　　　白河
　　　　　　　　　　南坪县
　　　　　沟口

那些遥远的小村寨，像果实一样散落在丛莽和群山之中。散发着清淡的香。

那里的人们，日复一日，在烈日下劳作，在大风里行走，与自然无限亲近。

数千年来漫长重复的村寨生活，像藏在暗处的果仁，外面发生的事以及消逝的时间，对它的影响甚微，几乎一成不变。

它坚硬而安静地躺在果壳里面，带着微微的苦涩，充满了对某种天命的顺服。

那些遥远的
小村寨

有意思的地方
An Interesting Place

在县城晃荡的日子，向当地人打听有意思的地方。在两个人嘴里听到了大录这个名字。

大录位于南坪县的西北角，距县城91公里，是最边远的一个乡。甚至连电话都没有通。县城里的人都很少去。

但他们说那里有最本色的藏族村寨和最多的寺院。

九寨沟共9个藏传佛教寺院，那里就占了6个。其中，大录寺、八屯（当地人念：dun 四声）寨的唐卡寺和芝麻寨的达久寺是其中较大的寺院。

听完就决定要去。这种偏僻又神秘的小地方最能刺激我的探险神经。我是天生好奇又不安分的人，对未知的地方充满庞大兴趣与渴望。

接下来便到处打听车。未果。根本没有公共汽车过去。

也问了包出租车的价。车主眯着眼睛想了很久，这样的长途让他挺为难的。后来报了一个价，一个挺吓人的价，于是换成我为难了。最后我选择了知难而退。不是说不去了，是说打消了包出租的念头。

后来问人问多了，也问出些门道。

有在大录和县城之间跑运输的福特车。人货可两拉，前排坐人，后厢堆货。大刺刺地过收费站，会比公共汽车便宜很多过路费。那车是每天上午从九寨县城发出去，一天一趟。什么时候到达不清楚。车价是根据油钱的起伏来定，18-20元不等。

终于在县城的河道马路上，找到了这样营生的货车。

师傅问我：你一个人去？就一个人？去玩？你一个女子（女子是当地人对女性的尊称）就这样去了？

我问：危险吗？那些寨子。不然你干嘛这样问我。

他笑：危险倒是不危险。当地的人都很淳朴。只是从来没有外来的人会对那些寨子感兴趣，连县城里的人都基本不去。那边方向倒是有个神仙池，是新开发的旅游景点，走另外一条路，沟口隔天就有旅游团过去。

立在远处山顶上的一块石头。当地人叫它"神灯石蜡",我觉得倒像颗优质土豆。

河谷景色

晒谷架　　　　　　　　　　　　　　　高地上的老树和小房子

我也笑：景点我倒没什么兴趣。

去的前夜收拾东西，忍不住给几个要好的朋友发了群信息。说要一个人去到一个没法通讯的偏僻山寨，好歹未卜，如果5天后手机还不在服务区，便算是一别东西了。

发完后忍不住笑出声来，得意得不得了。

很快回复便纷纷而至。

"手机、电话、商务通，一个都不要。被单、木棍、防跳蚤、老鼠、软体爬行动物的药水，一样都不能少！"

"听说人贩子的主要输出市场就是偏僻山寨。几年后带着鼻涕西西的小男小女回重庆探亲的话，记得电话我哟，大都会的外婆桥，我请吃火锅，哈哈。"

"5天后手机还不在服务区，你就提把白菜去九寨沟联通营业厅掷人：妈哟，老娘都回来N天了，难道还要亲自过来通报一声，你们才给开通手机啊？"

笑晕。

第2天一大早上了路。开车的师傅昨天已经见过面了，是满脸络腮胡子的壮汉，喜欢吸烟，还有突然大声唱句歌的毛病，吓人一跳。

买了两个橘子当早餐。凉凉的果汁进入胃壁的时候，忍不住抱紧了胳膊。

一直喜欢冰凉的食物，冬季和生理期也不例外。喜欢那种凛冽的冷，滑进食道后有让人振奋的清新感觉。

同行的还有一个人。是司机大哥的亲戚。一路上两个人有说有笑，聊着家里的事和人。

路不平，车一直摇晃。我靠在后排的玻璃窗上打盹，几次被震醒。

去到大录乡要经过著名的黑河沟。这条沟上通四川的若尔盖县和甘肃的迭部县，下通四川的平武、松潘县和甘肃的文县。是九寨沟的交通要道。

历史上，它是一条重要的军事通道，是吐蕃、吐谷浑和西域诸地与中原往来的一条主要线路，因此也成了历代王朝屯兵驻防的重地。

而在我眼里，它只是一条风景秀美的安静河谷。林木挺拔、溪流淙淙。

车开得快，拍的照片全部模糊不清，只有光与影的混杂和颜色的叠加。

手机的界面在进入河谷后便显示"无服务"了。心里有隐隐的豪情，此一路过去，便真是独自一人闯荡江湖。

河谷两岸是紫褐色的灌木林。参天的杉树密密麻麻，让整个山岭看起来黝黑茂盛，充满蓬勃的生命力。

远远能看到雪山。一直在前方。像捉迷藏，在高山峡谷和纵横的沟壑间时隐时现。

车里放着 Elva 的歌。翻版的磁带，音质破旧。很惊奇她居然流行到了九寨沟的货车里。

近中午时，视线豁然开朗。有开阔的枯草大坝子出现在窗外。几头花牛站于其间，低头觅食。

问了司机大哥，才知道这里是八屯河坝。解放前，这里是汉藏会盟、处理纠纷、举行仪式的地方。

八屯到了。再往前就是大录乡。

邂逅玛垭堆

Encountering Mani Sacred Stones

过了八屯河坝，走了没多远，公路右边出现了一个奇怪的灰色石堆，垒成整齐的锥形。

起初没在意，只是下意识地盯着它看。车开过后，才突然觉到那绝对不会是普通的石堆。大叫停车。很大声。前排的司机大哥猛地踩了刹车，惊诧万分地转过头看着我。顾不上解释，拿起相机打开车门就往回冲。

直觉里，那个东西应该是……玛垭堆！

的确是玛垭堆。

那些形态各异，垒在一起的灰色石片上刻满了漂亮的藏文。颓败的杂草枝蔓在石缝中努力生长。有浅白色的卵形石块夹杂在灰色石片间，层层叠叠，热热闹闹。

后边是通向八屯寨子的路

整个石堆看起来像一个造型精美复杂的塔式蛋糕。

这是在九寨看到的第一个玛坭堆。和之后看到的第二第三比较，它算是最大最漂亮的。

玛坭堆后面有一条清晰的小道通向山中，当时并没在意，那正是通向八屯寨子的路。

玛坭堆

"玛坭堆"在青藏高原藏区被称为"拉则"，在九寨沟藏区则称为"牙则"。

"玛坭堆"是指堆集在神山的山顶、转山必经的山口，或者各藏寨周围指定的位置上的有经文的石堆或神箭(木制的各种兵器)。

"玛坭堆"属于原始宗教的大自然崇拜，是藏传佛教中祭祀山神的主要形式。有的玛坭堆还起着两个地域分界标志的作用。

"玛坭堆"的建立和供祭有特定的仪式和规则。它的位置由活佛或高僧根据神山的地理地质及天体方位选定。

它分地上和地下两种。那些石头，有些是信教徒经过千难万苦，从其他佛神山上带回来后刻上经文放置上去的；有些是用本地的石块，经过念经护法，然后放上去的。如果是转山人，每人都必须带一个这样的石头放在玛坭堆上。九寨沟还有少部分玛坭堆是各种木制的兵器，这些兵器是每次念经祭祀山神时由各家各户做的。

埋在地下的玛坭堆，当地藏语叫"布得"。主体用金属罐或陶瓷瓶，中间竖一段用柏树心做的方木，称为"命木"，埋在神山指定的位置上，周围装上五谷、金银、珠宝、宝瓶等东西，深埋后在上面栽些花草树木，系上哈达，插上经幡等，平时放龙单、插经幡做祭祀。

"布得"建造时由活佛或高僧亲自主持。在九寨沟，建在扎伊扎嘎山上的"布得"有数十个，其他神山上和有的家庭也建有"布得"。作用是保佑平安、带来财富、消除灾难。

大录乡很快便到了。

和师傅约定好，大后天的中午他的车再来大录一趟，接我出去。

道过谢后，提着背囊下了车。

玛妮堆

那些字

刻满经文的石块

    当时有十几个藏族青年聚在附近一屋舍前，大声说着话，好像在商量什么事情。见我下车，他们忽地都收了声，十几双眼睛齐刷刷地看过来。刚才还喧嚣热烈的场面突然安静下来。

    像一群听话的孩子被导演喊了"NG"，大家都静默地保持着姿势，望向同一个方向，等待下一个命令。

    我站在路的中央，有些尴尬地笑了。

    把背囊放在地上，过去打听能够吃饭的地方。很饿。已经快中午1点，早上的两个橘子早在半途中就被身体消化掉了。

    话才说完，马上有几个人异口同声说要给我带路。清一色热情淳朴的笑脸。藏族汉子特有的爽朗和大方。

    是乡政府的食堂。木结构的房子因长年烟熏火燎而显得黑咕隆咚的。

    透过墙壁上的取菜窗口，能看到里边大而宽敞的厨房。案台上堆满了各种青菜和大叠的粗陶碗，两个胖胖的中年女人围着杂色的布褂子在里面忙碌着。

    点了一荤一素一汤。坐下来等待。

    给我带路的藏族青年突然问我，来找谁。

    找谁？我呆了一下。要真的有人可找，那才好呢，千里奔知音呀。

    笑着跟他们说，我不找谁，只是来寨子转转，是来玩的。

    望着我挂在胸前的相机，他们中的一人有恍然大悟的表情，问，你是摄影家吧。

这话快把我说脸红了。就我那点只懂按个快门，拍人知道个"掐头去尾"的三脚猫猫功夫，也可以称作"家"吗？

饭后，他们带我去了乡政府。

在那里遇见了正要外出的乡人大主席尤珠塔。知道我一个人来这里看寺院和寨子，他大吃一惊。之后便热情地要给我当向导。

他说大录村的村长切孝刚从外面回来，找到他一起上寨子里去。

尤珠塔是个矮小精干的藏族男子，理着小平头，大概40岁的样子。穿一件浅灰色"乡镇干部版"的皱西装和一双大头皮靴。说话的声音低到尘埃里，得仔细听才能听清。但是人是热情的，那种热情让我有掉队小红军找到组织的稳妥安心。

跟着尤珠塔来到中午下车的马路边，站在那里等大录村的村长切孝。他正在对面的小木屋里，和村里人商量什么重要的事，木门关得严严实实。

无聊的张望中，才发现马路边上有个小旅馆。两层的小楼房刷了红红绿绿的漆，楼下的小院坝里停了一辆三菱越野车，角落里还堆了些河沙和石块。

尤珠塔说，因为这里离嫩恩桑措（汉语：神仙池）比较近，有些自驾车的游客会选择先到这个小旅馆歇脚，第二天一早翻雪山过去。

嫩恩桑措。一个因为有极漂亮安静的湖泊而出名的地方。

清丽柔美的名字只听了一遍，便再难忘记。它的藏语名字远比汉语名字优雅神秘得多。

切孝出来时，一直望着我笑。手里提了很大一个塑料口袋，是才从县城买回来的酥油。

他是个很健谈的人，喜欢笑。眉眼和蔼，身形健壮。

去寨子的一路上，他不断给我讲述村寨的历史和变迁，表达清晰流畅。尤珠塔在旁边不时做一点小补充。

3个人沿着蜿蜒的公路，一路迎风而上。

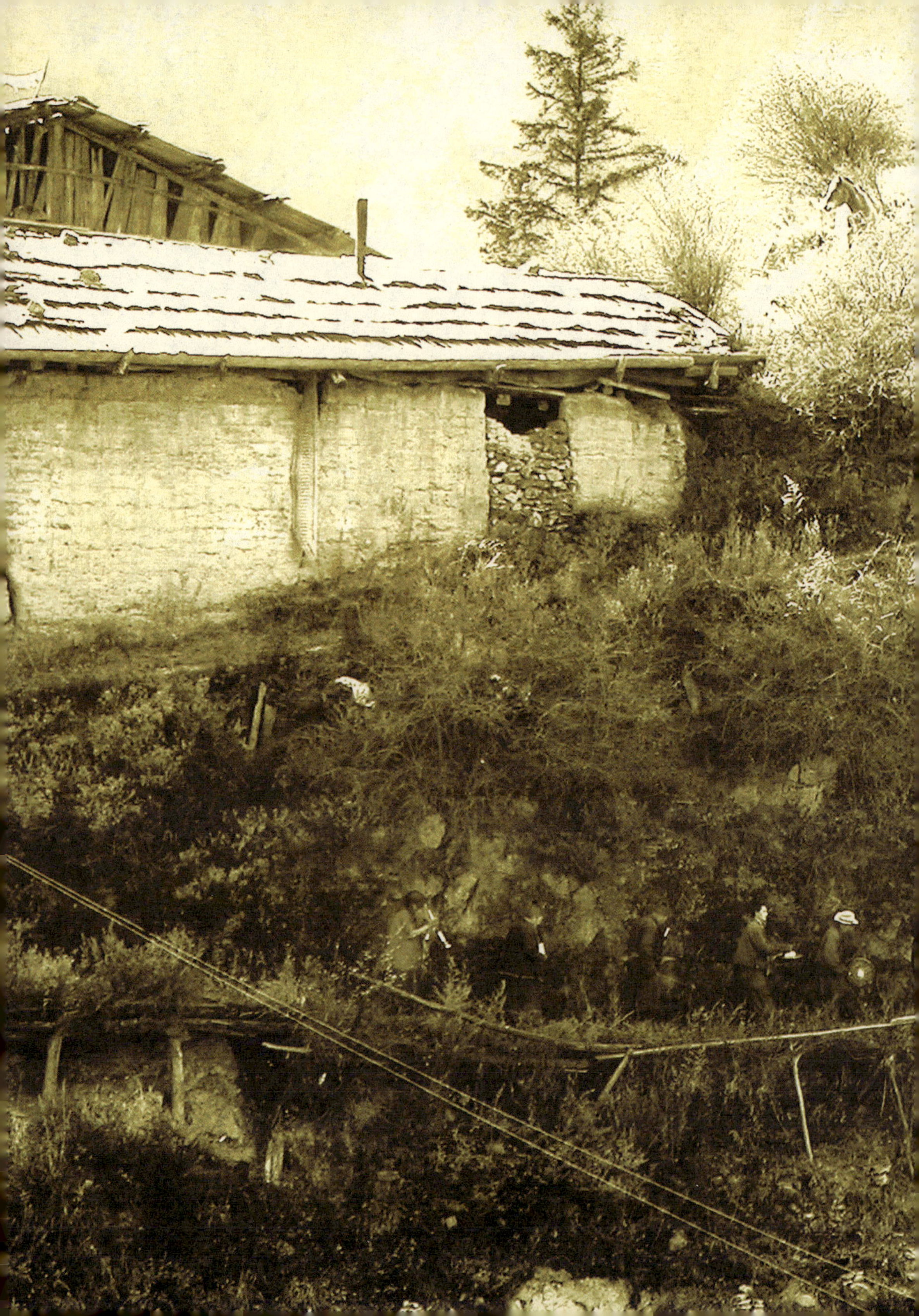

大录寨

一座虎虎生威的山寨

A Mountain Village Full of Vigor

　　昏黄的山脊呈梯形向上发散，大录寨的房子就建在这一层层陡峭的山脊之上。一座紧挨着一座，在大山的半腰中展开，从上到下，层层叠叠。

　　鲜艳的竖杆经幡点缀在灰白色三角形屋顶的房子之间，随风摆荡。

　　大录，藏语念"达弄"。"达"是虎的意思，"弄"是路的意思。是根据地形取的名字，寓意是"立起的老虎"。

　　山脊陡直，整个村寨的模样的确像一只巨虎斜卧在山腰上。

　　渐渐近了，村寨的样子更加清楚。

　　沿着碎石小道一路走，房屋的藏式建筑特色引起了我极大的兴趣。

　　整个寨子以平层房屋为主，间或穿插了一些楼房。楼房都是3层，底层养猪养羊，中层住人，上层堆放草料及其他杂物。窗户均为木制，少而且小。

屋舍为土木结构，墙基用块石砌成，墙体用土垒成。

房子的大小由柱头的多少来决定，最小的房子是9根柱头，用得多的，有约四十多根柱头。房子的顶盖是三角形的，中间高，两边矮。遮阳挡雨的屋顶不是寻常瓦片，而是用长约一米、宽约半米的厚杉木片排列而成。当地话叫"榻板"或者"榻子"。

这种奇特的木质屋顶有两种规格，一种切割得厚薄相等，称为汉式榻；另一种是刀片形的，一边厚一边薄，称为藏式榻。

用榻刀劈出来的榻板，在板面上有一条条由年轮形成的纹沟，下雨时，雨水顺着纹沟流下，太阳一出来，潮湿的榻板很快又会被晒干。

榻板盖的房顶，朝天的那一面每天经受风吹日晒，木质逐渐脆弱，而朝下的榻面经过炊烟的长期熏烤又会逐渐变厚变硬。一年左右，就得把整个榻板翻转一次，这样反复循环，一直到不能用时才换新的榻板。切孝说，好木材做的榻板能用两代人。

榻板的下面，还有一层防漏层。防漏层由3层组成：第一层用较厚的榻板垫底；第二层由高山上耐腐性强的灌木金露梅铺就；第三层是较厚的土层。如果遇到大雨季节，雨水从房顶的榻板层漏下来，到防漏层，就被厚土吸收，不会穿透到屋舍里。

在塌板尾部，往往都有一根细长的木头小槽，用半圆形的树干直接掏空做成。有的直直伸了出来，悬在半空中，足足好几米长。

实在看不明白。问了切孝才知道它的用途。

是用来排水的木槽。房檐淌下来的雨水，天长日久，容易把土墙基冲薄，为了解决这一问题，房檐两边都安装了长长的排水槽。水槽口的下边，一般还备有数个大木桶。用来储存淌下来的水。为了防止木水槽和木桶长时间被

在寨子里走的时候，这匹马一直跟在我们身后。我停它停，我走它走。

榻板

伸出房梁，拦在道路上的木水槽。

水泡软泡烂，选择材料时，主要采用防水性能极强的红松木。

寨子共有300多户人家，寨中有4条小道，呈井字型蜿蜒连接各家各户。碎石铺就的小道，间或有粗大的木头横亘其中。有羊群刚好经过，陡斜的坡面，它们步步稳健，一头接一头排着队回到主人家里。

小道上的木头，也是跟水有关系。下雨时水顺着小道往下流，横亘的木头是为了防止山石过多垮下，起到阻挡的作用。

整个村寨的房子大量采用木材。

突然想到，这种密集式住宅布局和采用的建筑材料对防火极为不利，一旦发生火灾便会危及全寨。

这种弊端主要有三个因素：一是建筑材料除土墙和石墙以外，其余都是木头，一旦着火，便会很快成灾，难以扑救；二是房屋建筑布局稠密，周围又有干柴和经幡等易燃物，一户起火很容易蔓延成片；三是村寨靠山建在坡上，没有足够的水源用来灭火。

尤珠塔笑我多虑，他说村寨几乎有上百年没有发生过火灾了。

九寨沟因为林木资源丰富，上千年来都是采用木头搭建房屋，但说到木头建筑容易诱发火灾，他说我们有预防和解决的办法。刚才提到的木水槽，在防火救火中就起到极其重要的作用。

木水槽是九寨沟藏族家庭日常生活和建筑中不可缺少的用具，每家每户都有数根作为备用。一旦发生火灾，便可利用藏寨随坡而建的优势，从上到下很快把各户的木水槽串连起来，一直架到着火户，然后把各户备用的生活用水倒入木水槽，集中送到着火户，用来灭火。

有些人家，甚至在建房时就设计建造了具有防火保险作用的储藏室——藏族人称为"禅奥"(汉译为土房)。

土房与主房连接，呈正方形或长方形。四周的土墙基脚厚1米以上，顶部盖有厚度在50厘米以上的土。出口开在顶部，通常是离住宅有一定距离的地面上。门设在底部，室内到门口有木楼梯，墙壁上开有内大外小的通风口，室内底层铺有地板，对储存的物资起到防腐防潮的作用。出口处常备有两三口袋木灰，一旦发生火灾，主人就把贵重物品、粮食、衣物等丢进储藏室，关上门，在门口倒上备好的木灰。这样房子烧光后，土房内的物资完好无损。这种自防自救的办法，在发生火灾时起到了保护主要财产的作用。

我们沿着小道一直走，重复着关于藏族建筑的话题。越往上，古老山寨的模样和先前所见越发不同。半个小时后，我们终于到达了寨子的最高点，向下俯瞰，一片绵延开去的壮丽景象。

站在一旁的切孝说，几年前有个日本考察团来过大录乡，其中一个日本游客不断感叹山寨的辉煌与壮美，一直重复着"真了不起"这句话。临走时，他拽着切孝的手说：一定要保护好山寨的模样，这是你们的财富，这是一座虎虎生威的山寨。

这是一座虎虎生威的山寨。形容得多好。

孩子们下课了
Children Finishing Their Classes

切孝说带我去寨子里的寺庙看看。

大录寺建在村寨对面的小山坡上。途中经过了村里的打谷场。青稞束被绑在高高的晒架上，一捆挨着一捆。

有六七个村民正在院坝中央劳作。用木制的收割机把青稞粒和秆子分离开。碎屑从"轰隆轰隆"飞速运转的收割机里吹出来，扬在空中，靠近的人一头一脸全是粉尘。场面很是热烈。

在那里站立了一小会儿，继续前行。

夏日青稞海

对面的小山上突然传来唢呐声。山腰的小道上走出十来个穿深红色氆氇衫的人。最前面的人拿了面黑块彩框的方形旗帜。

切孝告诉我这是一年一度的撵鬼仪式。已经进行了两天了，刚好被我遇见最后一天的结束仪式。撵鬼仪式藏语念作"躲熊"，目的是驱除邪恶，保佑来年平安丰足。

他说刚刚那群人一会儿就会回来。要赶在他们回来前进到寺庙里去。

埋头苦走。

身后突然传来急速的噼噼啪啪声。一连串的。没等我明白过来就立马从后面的山上传到了我身边。

是一群藏族小孩子一个接着一个从小路上跑下来的脚步声。

他们速度超快。经过我身边时都嘻嘻哈哈地笑，用普通话大声说着"阿姨好"。等我反应过来拿起相机时，他们已经过去一大半了。切孝看着他们笑，跟我说村里的小学放学了，孩子们都跑去寺庙里玩。

当我走到寺庙门口时，已经进去了的孩子们又涌了出来。开始只有三四个趴在门边看着我，后来越来越多。大家你推我挤地靠我越来越近，一个劲地冲着镜头咧着嘴巴笑。他们大多穿着旧旧的毡皮小藏袍，胸口和衣袖处有显眼的深色污迹，下摆因为经常跪在地上玩耍被磨得有些模糊了。

没有一张干净的小脸。基本都是花的。有雪风吹出的粗糙干褶、剧烈日晒后无法消退的红晕和玩耍时糊上的灰尘和泥土。头发也是灰扑扑的，想来是很久没有清洗了。

正是这样的模样，才让人怜惜和喜欢。

是那么可爱的一群孩子。大方热情得让我惊讶。

他们簇拥着我进到庙里，嘻嘻哈哈地站到一起看着我，只是笑也不说话。

我叫他们排好队，来张大合影。大家立即听话地紧挨在一起，也不再笑了，只是严肃地盯着相机。

朝寺庙走去　　　　　　看谁笑得最大声

　　气氛肃然安静，拿着相机的手怎么也按不下去。还是喜欢他们笑得天真无邪、东倒西歪的样子，那才是最自然的姿态。

　　于是放下相机带头开始笑出声来。见我笑，他们也歪着头"咯咯咯"地眯起明亮的眼睛，露出雪白的牙齿。

　　这些孩子的照片回家后翻看了很多次。一张一张，仔细地看他们每一个人笑的样子。比较同一个孩子在连拍的几张照片里出现的不同表情。看他们的眼睛、头发、手势、帽子……内心有简单满足的温暖。

　　慢慢长大的巨蟹座女子，对异性相吸的感情逐渐看得透彻淡薄。而渴望拥有一个孩子的念头却越来越强烈。

　　我想要一个纯真活泼的孩子。把他养得机灵健壮。让他学会我所有的坏脾气。

别挤别挤，叫你别挤　　　　可爱的脸

黏人。喜欢撒娇。有时很忧伤，有时很倔强。喜怒无常。

我们要天天在一起。一起蒙头睡觉。一起躺在沙发上看宫奇峻的动画。一起到楼下散步。一起外出旅行。周末的时候一起去菜市买菜买花，我拿菜他拿花。

他不用事事听我的话。可以偶尔争吵或者犟嘴。表现出不受大人摆布的神情。他最好还有和我抢零食的嗜好。用各种办法把它们抱到怀里，然后望着我得意地笑。

我们彼此依赖。彼此深爱。在寂寞的人生里，彼此陪伴。

他 们 的 笑

遇上撵鬼仪式

Coming Across an Exorcism

那些穿深红色氆氇衫的人回来的时候，孩子就纷纷离开了。

走前面的老人拿着铜盆在寺庙的院子里边念经边朝着天空抛洒青稞。之后大家各自散去，只留下两三个人，去了寺庙旁边的小屋念结束经。小屋旁有泥土砌成的香炉，柏香燃烧后的白色烟雾源源不断地从香炉的顶部飘散出来，味道浓烈。

跟着他们进了念经的木头小屋。很旧的屋子了，门上有褪色的繁复花纹。却是精致的，有着耐看的美。

屋里黑乎乎的。惟一的光源是靠墙的小桌上燃着的两盏酥油灯，微弱的光线把小屋弄得很神秘。脚下有些异样，仿佛踩在一些细小的硬颗粒上行走，每一步的感觉都很明显。蹲下仔细看，才发现满屋的地板上都是青稞粒。

屋子中央放了一面绿漆大鼓。进去的时候刚好到了法器奏响时间，一个年轻僧人一面用力敲击大鼓，一面鼓起腮帮吹响铜号，他旁边的僧人也不停开合着铜钵。

一时间，三种乐器同时奏响，发出巨大而沉闷的呜呼声。整个小屋和小屋里呆着的人都跟着一起颤动起来。仿佛地动山摇。

我不知所措地站着，那一刻几乎不能思考，沉默等待这巨大声音停止下来。之后他们又是长时间地念颂经文。语速极快，含混不清。

绕到小桌边看仪式的各种宗教器物以及作佛事所需的工艺品。

左边小铜碗里装着清水和青稞。仪式完后水不能倒，经过经文念颂后便成了圣水，要带回去给村里的老年人抹额头和胸口，剩下的还要喝掉。中间是酥油灯和燃烧的香炷。右边是哈墨，是藏民用糌粑自制的菩萨，上面贴了白色的酥油花。

仪式结束后，僧人把经文用木板盒子小心捆好。模样极为虔诚。青稞和圣水都收集到两个铜盆里，准备带走。

刚才敲鼓的年轻僧人叫罗热格嘎，是大录寺的"扎宛"。"扎宛"是指僧侣中

香炉

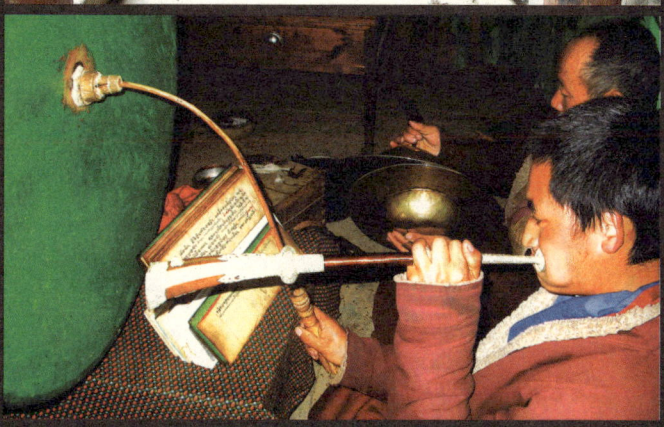

罗热格嘎在吹奏法器

既主持佛教又参与驱鬼除妖、做道场的僧人。仪式完后他趴在小屋外的木栏板上休息，我过去和他聊天。他很拘谨，和我说话的时候并不看我，脸总是下意识转向别处。时常腼腆微笑，间或回答我的问题。

聊得并不是很投机，于是便走开了。突然想起那些小孩子热情无邪的笑脸。他也曾和他们一样过吗？有过这样开朗大方的童年。

藏传佛教的信徒类型

藏传佛教寺院的教团结构一般由4种类型的信徒组成。

第一种类型就是活佛。没有活佛的地方以喇嘛为主。

活佛、喇嘛是寺院的住持，又是藏传佛教传授教义、主持佛法会、扼守清规戒律的大法师。

第二种类型是"督旦"。

指寺院里修习好，心清意净，自律持戒的僧侣。

第三种是"扎宛"。

是僧侣中既主持佛教又参与驱鬼除妖、做道场的僧人。

第四种是"侠巴"。

是以占卜吉凶、观天象、主持婚葬，以及民间的生、老、病、死、婚嫁、建房、动土、开工、出远门、宰杀都要通过他们测日子的僧人。

佛教信徒均不违犯"不杀生、不偷盗、不邪淫、不妄语、不饮酒"5条戒律。不能娶妻，且脱离生产。

大录寺院

Da lu Monastery

大录寺有 500 多年的历史。寺庙也是有三四百岁的老建筑了。

大录寺原称大录腔果寺，属藏传佛教萨迦派，是若尔盖县求吉寺院的分院。

寺庙是全木的两层建筑，结构紧凑小巧。木头支架搭在高高的石堆上面，露在外面的柱子已经陈腐不堪了。

寺庙的正对面有一个红漆柱子的双层法台。脏而且旧。那是逢年过节做法事时，僧人口颂经文，乐手吹号击钵的地方。

木制的彩绘转经桶围着寺庙墙体转了大半圈，刚好 108 个。

寺庙大门的右处还挂有一个巨大的转经桶，有一人多高。旁边放有颜色龌龊的布垫子，常年有人坐在那光线昏暗的角落里转经。

空气里飘散着柏香和酥油的味道。

大录寺的经筒

坐在寺门口的老尼姑

　　有僧人在殿堂里念经。边念边击鼓。
　　切孝和他很熟，念完经后他们坐在一起说话。
　　我在大殿里四处转悠。光线很暗，得凑很近才能看清东西。
　　角落里有刷红漆的大玻璃门柜子。里面垒满了一沓沓黄色纸壳的"小方砖块"。是藏传佛教的经书。藏语叫"单珠儿"和"甘珠儿"。切孝回头给我作解说，而后，把和他讲话的僧人介绍给我认识。

　　裘实见措。大录寺惟一的喇嘛，也是寺庙的主持。
　　看得出来，这个喇嘛已经有些岁数了，脸颊瘦削，有很深的法令纹和抬头纹。
　　穿着深红色的氆氇袈裟。很冷的天了，一只手臂还露在外面。头发蓄得很短。眼睛因为年龄的关系，已经有了明显的混沌。反应也比较慢。
　　你好，寺长。我笑。
　　他愣了愣，对这个新称谓没有发表意见。

是很沉默的人。也不太懂得汉语。说的话要靠切孝翻译给我听。

他送了一根哈达给我。对我的远道而来表示欢迎。

就着哈达跟他在寺庙门口合了几张影。麻烦切孝拍的。尽管拍前交代了很久，出来后大多数还是模糊了，看得过去的，只有一张。

拍完后又进到大殿坐下。这才注意到佛像前的案台上有一个做工非常精致的铜塔。上面镶嵌了大颗的红、绿松石。

是活佛的灵塔。塔瓶处还贴有活佛带水晶墨镜拍的盘腿照片。

灵塔

灵塔其实就是活佛的骨灰盒，里面放置了活佛的舍利子和他生前的一些物品。

供奉活佛的灵塔在僧人眼里是至高无上的荣誉。

南坪的寺院隶属关系：

塔藏乡的达吉寺与九寨沟里的扎如寺是南坪较大的寺院，隶属松潘的尕咪寺。达久寺和沙勿寺隶属阿西作俄寺。这几所寺院都信奉藏传佛教的苯波派。

玉瓦寺、八屯寺、大录寺和香扎寺隶属若尔盖的求吉寺，东北寺隶属包座乡的桑周寺，这几所寺院都信奉藏传佛教的萨迦派。

大寨

艰辛的喇嘛修行
A Hard Religious Practice by Lamas

出了寺院后，天已经么么黑了。

跟着切孝回他家去。一路上，他给我详细讲解成为喇嘛的修行过程。

听完后，我为今天认识了裘实见措，并跟他合影的这件事感到非常荣幸。

以前也有听闻过佛教闭关修行的种种严格，但都不如今天听得这样仔细透彻。切孝讲完后，我对那些清心念经540个日子的人们心生敬佩。

喇嘛，并不是每个出家的和尚都能成为的。

往往一个喇嘛，便是一座寺院的主持，是那里修行最高的人，受到大家的尊敬与爱戴。

要想成为一个合格的喇嘛，必须去到有相应隶属关系的上级寺院申请修行，由那里的大活佛根据申请和尚的生辰八字和出生方位做推算，看有无资格当喇嘛。

所谓的修行是指18个月的时间里在一个指定的小院子里打坐念经，进去后就不能出来，中途绝对不能见人。

获得批准的和尚回去后就可以准备行装了，等待活佛通知修行时间。

通常东西会多到得用拖拉机来载，才能到达目的地。因为得带足一年半的粮食和基本日用品。还得带齐锅碗瓢盆。到那里一切自给自足。

一般是9个和尚同时进去。同一天进去同一天出来。9个和尚各有各的小屋，期间互不往来。

进去后外面的人就锁死大门打上封印，只在左侧有活动的小门用来递送必须物品。

一张床、一道门、一顶蚊帐、三餐素食。天亮起来诵经，夜晚望天发呆。

这便是全部生活。

那些深重的孤独与贫寒。没有欲望和渴求的心。

面无表情地呆坐在极为僻静的小院深墙中，无所事事，每天只为念经。

他们各自有各自的心事，也许从未向人吐露过。

惟一肯定的是，他们的内心深处都拥有最热烈最纯粹最坚定的信念，那便是坚持和相信自己的修行。

在他们心里，修行是一切的信仰，是坚不可摧的意愿。宁愿死也不会放弃。

这里的人和事，可能在很多向上攀爬的都市人眼里，是乏味而不可理喻的。其实一无所获对吗？除了自己内心认为得到了洁净与恩慈外，没有任何意义。

而他们，可能也在可怜那些在物质红尘里沉沦的人们，为了欲望颠沛流离，为了利益厮杀拼打。不会有安静的内心，也不会有坚实的信仰。没有信仰的人，最容易干出可怕的事情。

这个世界，究竟谁比谁，更清醒？

喇嘛的类型

九寨沟地区的喇嘛分为三种：

一是"尕吉喇嘛"，意为龙碗里的青稞开了花，形容佛光远大之意；

二是"克布喇嘛"，是精通经典，善于辩论之意；

三是"杜吉喇嘛"，祖传世袭的喇嘛。

喇嘛地位仅次于活佛。

喇嘛之下还有"格戈""翁则"和"切约"，全部由喇嘛任命。

"格戈"(掌堂师)主管寺院纪律，在宗教集会时手执银色缕花方形铁棒维持秩序。又称"铁棒喇嘛"。

"翁则"(领经师)是集体念经时的带头人和法器使用的指挥者。

"切约"(工艺师),专门制造各种宗教器物,糌粑菩萨、酥油花及作佛事所需的其它工艺品。再下面就是普通的和尚。

那些喇嘛

小泽旺登家

白塔 冷珠瓦家 切考家

尤中家

大乘寺

打谷场

在村寨住下

切孝家的门

结果是水缸
It Turns Out to Be a Water Vat

卓玛

  切孝的家，是寨子里最大最讲究的建筑了，建在一个陡坡上面。大门处是水泥抹平的小敞坝子，边缘处有一长排刷彩漆的木栏杆。几个村民靠在上面聊天，见我们来，都热情地笑。

  进入大门后，还要拐一个弯才能看见他们家的房子——两栋标准的三层木结构藏式建筑。

  切孝的小孙子卓玛正靠在院子的水泥墙边玩耍，大概两三岁的样子，小脸胖胖的，脸颊通红。我对着他拍了一张照。他害羞地笑了。

  进到屋子里，昏暗光线中，宽敞的厅堂里有一大片金色的丰富陈设。各种铜质的器物架在艳丽的镂花木柜里。

那么多的铜盆，一个挨一个地排列着。闪着亮铮铮的光。看得出来主人经常擦拭、爱护着它们。

藏族喜欢铜质器皿，铜盆、铜茶壶、铜瓢、铜香炉，什么都可以用铜来做。家里摆放这些东西，实际使用的时间并不多，基本算是装饰，也是家庭丰裕的暗示。就好像我们身边的有钱人，喜欢买昂贵的古董家具、精致的木雕、石刻装饰屋舍一样。

铜盆后面的木柜上，有两扇紧闭的小门，里面是佛像。只有念经做法事时才打开，平时都用酥油封着门。以示神圣不可侵犯。

灶是家庭生活的中心，设在厅堂的中央。紧邻着沙发。

切孝家的灶是厚铁皮做的，周围嵌有铜花。是他儿子去玉瓦乡定做的。他说以前住老房子的时候，是用泥土垒的灶，叫土锅庄。

进沟前，司机大哥就好心告诫过我，到了藏寨，忌讳提"馒头"两个字，要说馍馍。因为解放前藏族人被称为蛮子，"馒"和"蛮"同音，在他们听来，是不尊敬的意思。

我心里一直惦记着，提醒自己说话要小心，谁知道还是有了"闪失"。看到灶旁边放了一个挺像蒸锅的铜皮大东西，指着就问：这个是用来蒸馒……

话说到这里突然卡住了，手在半空中有片刻不知所措的停顿。心里直尴尬，怎么就冲口而出了呢？明明记着不能提的嘛。

还好主人并没有明显反应，也没有生气的意思，依然笑着答我：那是水缸。

哈哈，结果是水缸。这个水缸，有趣且可爱，上面的铜皮装饰是三层小鱼和花朵的凹凸图案。水缸盖子是木头做的，上了黑色的漆。

水缸

切孝的老婆是个沉默瘦削的藏族大娘，一直坐在旁边给灶里添柴。大块晒干的木头拥挤在火塘里，发出"噼噼啪啪"的轻微炸裂声。灶上架了一个铁制的热水炉，里边熬着大茶，咕嘟冒出来的水蒸气把盖子冲得有规律地一开一闭。

切孝开始为我们做酥油茶。酥油茶在他们的礼仪文化里，是待客必需的东西，代表主人对客人的欢迎与敬意。

大的粗陶敞口碗，装入1/4的糌粑粉，然后再放入少许奶渣和大块的酥油。糌粑是青稞与大麦炒熟后磨成的粉。奶渣是雪白色的，凝结成指头大的不规则几何形状，极酸而且有腥味。酥油是奶黄色的，凝结成块状，表面有平滑润泽的光。奶渣和酥油都是牛奶做的，把牛奶装在桶里发酵，用木棒捣击5000次以上后，牛奶发生变化，浮在桶面的便是酥油，分离沉淀在桶底的物质便是奶渣。这两样东西分离出来后，用口袋各自装好，搁上几个月都不会变质，成为藏族人民的主要食品。

糌粑、奶渣和酥油用煮沸的大茶水冲兑好，便成了酥油茶。

切孝搁了白糖和盐在我面前，让我选择。

尤珠塔让我放糖，说外面的朋友会习惯甜味一些。但当地人是比较喜欢咸味的。

放了糖搅匀，试着喝了一口。和我在树正寨喝过的酥油茶味道大不相同。

真难形容啊。那种特别的味道。又酸又腥，夹杂着丝丝甜味。是野性又难以驯服的味道，是我从未试过的味道，剧烈冲击着我的味蕾和鼻腔。

搅拌了很久，碗底依然有厚厚一层无法融化的粉末和奶渣颗粒。奶渣是既绵软又韧性十足的，需要用力咀嚼很久，才能吞咽。

那一大碗酥油茶，喝得很辛苦。还好有初次尝试的新鲜感和他们不时的鼓励，我才完成了这项艰巨的"任务"。

弄酥油茶　　　　　　　切孝在喝刚烧好的大茶　　　　　大家围着火塘坐着

经幡上全是难懂的藏文

有趣的当地话
Interesting Local Dialect

　　喝过茶后，尤珠塔就回去了。

　　切孝留我在他家里住下，热情地款待我。

　　晚餐非常的丰盛，有凉拌的麻辣心舌，洋葱炒猪肉、芹菜炒猪肉和牦牛骨炖的土豆汤。摆了满满一桌。

　　味道很不错。尤其是牦牛骨炖的土豆汤，我连喝了3大碗。汤是雪白的，香得不得了，土豆炖得快烂了，一进嘴巴就融化。牦牛肉是第一次吃，似乎比圈养的肥牛肉腥味大一点，却有着奇异的香。

　　切孝的儿子还用姜片煮了百事可乐给我。尽管不喜欢这种饮料，但在这里喝到，也觉得暖心暖胃。一餐饭吃得其乐融融。

　　饭后，切孝的老婆搬出铜火盆，铺上厚厚一层木炭给我取暖。在这样寒星漫天的夜晚,偎在那一盆让人温暖得瘫瘫软软的炭火旁,你真的会觉得,人生极乐不过如此。什么 CBD、什么灯红酒绿,那些现世的虚幻统统靠墙罚站,不及寻常女子面前的一盆炭火来得温暖。

和切孝一直进行着有趣的话题。这个藏族汉子性格开朗率直,尽管年龄比我父亲还要大,但和他沟通起来,一点也不觉困难。

他给我讲他曾经去过的地方。差不多快大半个中国了。其中一些地方,是我想了很久却一直没去的,所以听得愈发起劲。

和切孝谈话,我发现他的一些汉语用词很有意思。比如:一块人、喜不好。第一个词组的量词很奇怪,第二个词组的意思完全不懂。

刚开始时,需要切孝重复或者特别说明,后来听多了,也就渐渐懂了。

汉语在九寨沟的使用,各村寨之间大致相同。不像他们的藏语,县城南北差异很大,互相之间听不懂。县城以北的藏语属安多语,与松潘、若尔盖及青海藏话相通,县城以南的藏语属嘉绒语。

当地汉语在词语上的特点是,习惯在两个重叠的单音节名词后加上"子"字,如:"水"说成"水水子","套"说成"套套子"。但并不是所有的单音节名词都能以这样的方式加,如:"天"就不能说成"天天子","人"就不能说成"人人子",没有什么规律可循,只是约定俗成罢了。

当地话还喜欢在有些动词后面加"嘎子"二字,表示对动作的重复。如把"看"说成"看嘎子",其实就是"看看"的意思。喜欢用"哈帕"代"可能",如:"今天班车哈帕不来了",句中的"哈帕"就是"可能"的意思。"很"、"非常"这类词用"喜不"表示,"喜不好"就是"非常好"。"将"字不表示"将来"的意义,而是表示刚刚完成的动作;如:"他将走"是说的"他刚走"。

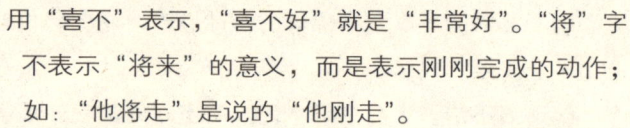

另外,当地话中的量词使用不稳定,经常变化,称呼同一个东西,可以用几个量词。如:一顶帽子,一块帽,一个儿帽。量词中用的最多的就是"块"和"个"了。

在语法方面当地话也很有趣。比如在双宾语

屋顶上的龙达，代表人们不分昼夜的祈福

中，当地话往往喜欢在动词和第一个宾语之间加一个"给"字，如"打他一顿"会说成"打给他一顿"。

还喜欢用"把字句"，常在人和事之间加个"把"字，而这种形式只有山西话中才有。如："你把我莫法"，这种把字句一般表示较激动的情绪，有发怒和骂人的意思。

还有一些特殊词语，是他们那里独创的，外来人很不容易听懂。如"嘛嘛哟"是说的"哎哎呀"，"阿达子"是"问哪里"，"谁块"就是"谁"的意思，"假"是"给"，"莫办法"是"没办法"，"碎娃"是"小孩"，"我连他"是"我和他"。

哈哈，原谅我一说就说了这样久关于语法词语的话题。莫办法啊，大学念的中文系，最喜欢的一门课就是《现代汉语》。

婆婆说的藏语，靠人翻译了才知是叫我吃烤好的土豆

苍蝇游击队
Surrounded and Attacked by Flies

晚上聊到很晚。睡觉时切孝的老婆把我引去旁边小木楼2楼的客房。

深夜的山寨，气温差不多降到了0度。院子里黑漆漆的，有很微弱的月光洒下来，依稀只能看清楚小楼的轮廓。厚厚的木楼梯踩上去有"笃笃"的声响，在寂静的夜里尤为动听。

先前的睡意一到那间清冷的小屋立刻就没有了。很小的一间屋子，只放了一张床。墙壁是用许多张90年代美女年历的白色底面装裱的，纸张已经有些微微泛黄了。

床上有叠好的厚厚棉被，上面印有素素的花朵图案。床头处的墙壁上有一扇小小的玻璃窗户，"窗帘"是两片厚厚的横推式的厚木头，涂了正红色的油漆，映着白白的墙壁很是可爱。

OK。准备睡觉了。我把左边一"片"窗帘往中间推，想遮住玻璃（在外睡觉都有将屋里遮得严严实实的习惯），没想却稀里哗啦掉下些黑黑的小团小团的东西，定睛一看，天，全是苍蝇！

木地板上起码有30只之多，他们有的几只几只抱在一起；有的被摔了个四脚朝天，飞快地晃动着细小的前肢；有的开始慢慢向四周爬去，

动作有气无力。看得我头皮发麻。

怎么会这样？哪里来这样多的苍蝇啊？惊恐地抬头，原来木头窗帘与墙壁间有一段空隙，还有一些没掉下来的苍蝇趴在那个夹缝里，拥挤在一起。可能是太冷了，苍蝇全躲在那里取暖。

再拉那片，哗啦，又下来一大家子，而且这次全掉在床上了。我看懵了，这一晚上比我一年看到的苍蝇都多。来不及多想，赶紧用枕巾扫下来。这下地上的苍蝇已经是密密麻麻一层了。看一眼，哎呀浑身的鸡皮疙瘩有花椒那么大。

明晃晃的灯光下，它们相互扭在一起，努力晃动翅膀，却没有一只能够飞起来，只能慢慢爬行。

因为气温的原因，它们翅膀已经完全失去了作用，脑袋大概也被冻得有些痴呆，全然不知道怎么应对这场突发事件——好不容易找到个暖和的地方兄弟们挤在一起过冬的，怎么突然半夜时分发生"地壳变化"全摔到地板上了呢？

犹豫了5秒钟，最后还是决定踩死它们。要不然怎么办？一整晚都让它们在床下爬来爬去吗？

踩吧踩吧，要闭着眼睛才下得了脚。

那一群黑乎乎的小尸体我真是没敢再看第二眼。之后又神经质地仔细打量了房子的每一个细小角落，寻思着不会又蹦出什么东西来吧。检查完毕后把枕头换了个方向，拉开棉被合衣睡下。灯也没敢关，就这样亮一夜吧，心里安定些。

躺下后一直望着天花板，足足有5分钟没动弹，什么都没有想，一直发呆。棉被很重，要使很大的劲才能在里面翻身，后来终于睡着了。

山寨的第一个夜晚，真是难以忘记，呵呵。

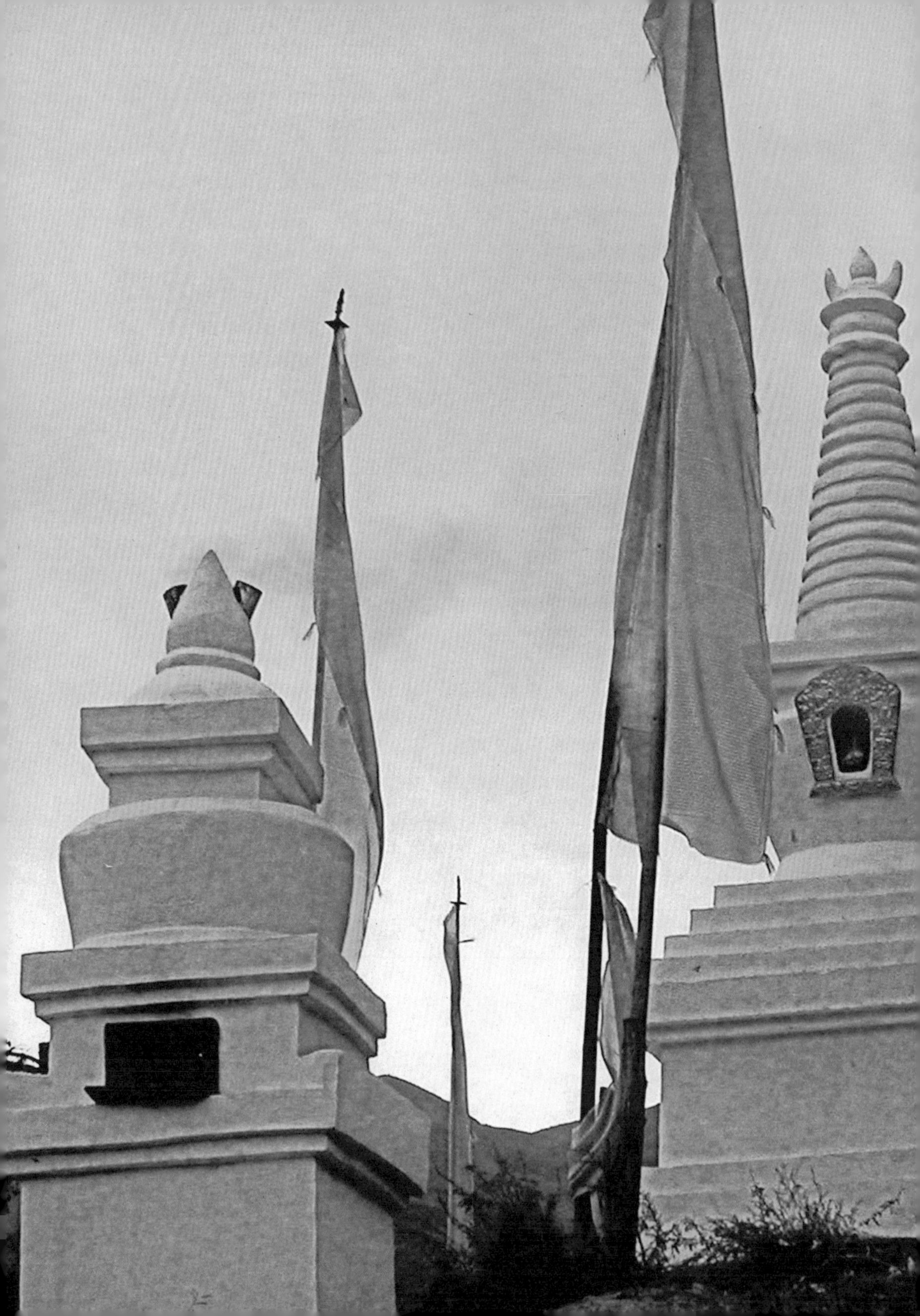

寨子里的塔和手工艺人

寨子里的塔和手工艺人

满腹大米、酥油的白塔

A White Pagoda Full of Rice and Butter

第二天起了个大早，火塘边已有蒸熟的大白馒头在等着我了。

吃过早饭，切孝带我去看大录寨的白塔和玛坭堆。

一路走一路说话。不时遇到早起赶羊的村民，热切地和我们打着招呼。

切孝告诉我，藏民族是崇拜白色的。这是自然的昭示，带着某种对天命的顺服。

藏族人所居住的环境基本都在雪线以上，一年有一半多的日子，大地都披霜盖雪。随处可见的雪山，洁白银亮，高耸入云。白色的云彩也被藏族人看做一种神圣的自然景物。在日常生活中，羊身上长着白色的羊毛，羊就不会冻死，人穿着羊皮衣就会得到温暖。

白色，漫长而又崇高的白色，便从自然进入藏族人的观念和灵魂深处，他们把白色作为吉祥色，由此就有了白塔、白哈达、白经幡、白龙达、白色服饰……

大录寨的白塔和玛坭堆在一个独立的小山坡上，从那里可以平行看到山寨的全景。

玛坭堆是一大捆参差约5米长的木制神箭。稳稳地插在地上，箭尾直向朝天。之前提到过玛坭堆分两种，一种是刻有经文的石堆，另一种是木制的各种兵器。大录寨属于后一种。

白塔是几个月前才修好的。塔底宽6米，高13米。

白塔的肚子里，装满村民自己栽种的青稞、麦子、大米、胡豆、大枣，自制的挂面，漫山遍野采集并晒干的花朵，140公斤酥油、35公斤重的大铜锅、少量金银、大茶、柏香等十余种东西。全是村民们自发募捐的。由寺院的和尚挨家挨户收集起来。

募捐的物品和数量是秘密的，按自己的家庭情况而定，村民之间互不述说。在他们的心里，捐得越多得到的"福气"自然也就越大。

白塔的主体是石头和混凝土。修好一层，填一层的东西进去。

最下边的一层是粮食。村民们把青稞、麦子、大米、挂面、胡豆、大枣洗净晒干，混合在一起。然后由和尚们围着这些粮食念经熏香。7天7夜后，再分别装入坛子封好。共装了73坛。封好的坛子还得念上一天的经文才能进塔。

进塔时，僧侣需带上口罩，神情肃静。决不允许交谈和嬉笑。彼时，唢呐和锣鼓会一起奏响。气氛喧嚣热闹。

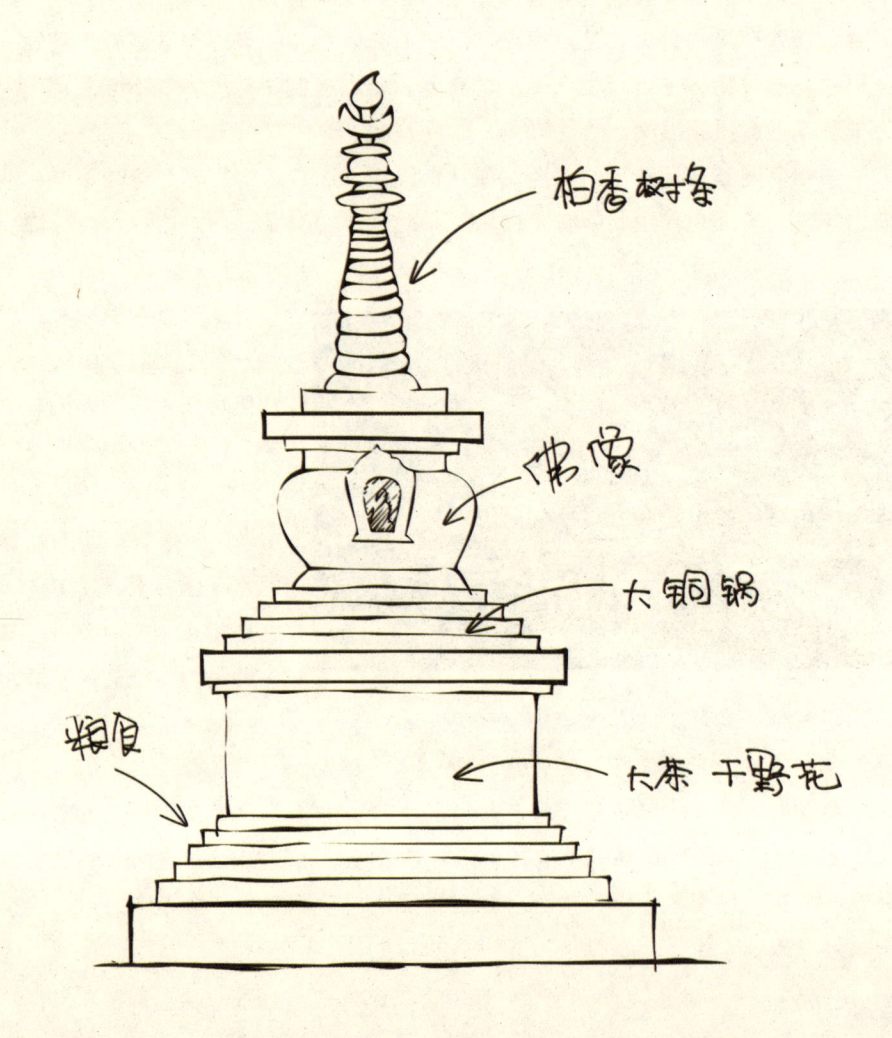

柏香树条

佛像

大铜锅

粮食

大枣 干野花

粮食过了，是大茶、柏香和百花。花是村民们在夏季时节采集的。各式各样的野花，晒干后收拢在一起。

铺完大茶、百花后，用柏香木板子盖上。放入35公斤重的大铜锅。锅也是村民买来捐塔的。花了1500块钱。

锅里倒入140公斤熬好的酥油。酥油里放了15个银元和5000克黄金。

铜锅的上面也用柏香板子盖了。这时的白塔已经修到"肩膀"位置。

再往上就是细细的"颈项"。里面装的是大约5米长的柏香树条，上边刻满经文。再往上，就封顶了。塔里还需装入两尊金箔佛像，一个在外一个在里。

盖好的白塔，得由僧侣们围着念经熏香，向天空抛洒龙达，以示敬神后，才算大功告成。

一连串的仪式。充满浓重的宗教意味。

切孝说：决不会有空着的塔。复想起扎如寺那座"巨无霸"白塔，顿时目瞪口呆。

白塔的旁边，还有一个白色的焚香炉。柏香燃烧后的浓烟不断从顶部的两个小孔向山寨方向飘散去。

那里的村民，每天日出而作，日落而息。他们似乎从不担忧未来，也不叹息过去。他们是沉默的。毫无怨言。土地和宗教给了他们强大的忍耐力。

在这个世界上，生活着很多有信仰的人。但你更愿意相信，在这些偏远村庄里的人们，他们的信仰更纯粹。

他们从未脱离过贫困，却永远有简单丰盛的快乐，和自然相融相近的生活。走进他们，你会发现，在他们的心里，有着一大片令人惊慌的华丽与荒芜。

他们，和回忆里的上坡路
Them□□And Ascent in My Memory

废弃了的打谷场上，有嫩嫩的青草长出来。

那一天跟着切孝在村寨里闲逛。

他带我去了村里的铁匠尤中家。尤中一家三代都以打铁为生。在小村寨里，会一门手艺便是"能干人"，受到大家尊敬。

尤中是个朴实的藏族汉子，穿一件黑色的破旧棉衣，拉链可能坏了，里面皱巴巴的红色T恤衫无遮无拦地露了出来。

他把自己打造的铁器在顶楼上排成一排，给我看。

各种铁器。从简单的火钳、锤子到复杂的藏刀和火药枪。都是他的宝贝。火药枪曾经成功地吓退过几只野猪。藏刀是钢铁混合锻打而成的，有好几十年的历史了，依然锋利无比。其他的家什、工具平日里更是使用了不知多少次。

这个一身力气的铁匠师傅只要一面对镜头，马上变得紧张无措起来。甚至眼皮都不怎么敢抬起来。只是僵硬地摆着他认为认真的姿势。跟他说话，也只是支吾地应答。

从尤中家出来没多远，遇到几个半大孩子。老远就招呼我，咯咯地笑。

一看原来是熟面孔，昨天在寺庙里和她们有过短暂的交集。

于是举起相机对牢她们又拍了几张。拍的时候她们还有些拘谨，只文静地站在路中央，微微有笑意。拍完招手叫她们看照片，全部兴奋极了，呼啦啦围了过来，一颗颗小脑袋挤在一起，手指着液晶屏唧唧咕咕。说的藏话我听不懂，但大概能猜晓到说的是这个是我那个是你。

地上一长排的铁器全是尤中的作品

继续往前走。不变的上坡路和冷空气让呼吸有些困难。

忽尔想起，回忆里也有那么一段熟悉的上坡路。

念大学时，宿舍和教学楼最近的距离是一段很陡的上坡路。每每有早课，都会睡到不能再睡的时候，才翻身起来快速梳洗，抱着大叠的书和本子冲锋似地出去。那段陡坡弯多拐急，我总是迎着冰凉的风一鼓作气爬上去，中途不休息。到顶上的大路边时，才弯下腰大口喘气。

离开学校后，有几回都在迷糊的梦里看见自己爬那段上坡路。

切孝把旧藏刀穿在皮带上，对着镜头做了个威猛抽刀的动作。

场景总是早春有些微冷的清晨，阳光透过树叶的缝隙洒下来，小路光影斑驳。

那个奋力爬坡的年轻女孩，套在仔裤里的白棉布衬衣被大风吹得鼓鼓的，膨胀的线条像极了米其林轮胎娃娃。她张着嘴大口地喘气，喉咙又干又冷，而那段路总是很长，几乎要用光了她所有力气。

117

那些习惯绕着走大路上课的同学，总是不明白她为什么要选择那段上坡小路，跑得气喘吁吁，那么累。

其实不过只是为了多睡一小会儿而已。小女孩单纯本性的动机。

很多时候，片刻的努力，不过是为了闲暇时间更多地纵容自己。

我一直对那些懂得生活的人充满敬意。通常他们的工作也很出色。如果你非要认为他们人人都是有远大抱负的，我只能说你太过认真生活了。

切孝走在前面，不时和路上遇见的村民聊两句闲天，却总不忘回头等等我。

他说要带我去小泽旺登珠家看看，他老婆是村寨里出名的巧手媳妇。

小泽旺登珠家那天碰巧没人在。院坝里的柴火堆旁摆了几件他家的篾器，切孝叫我猜其中那个4条腿的东西是做什么用的。猜了几次，都没对。他笑着蹲下身，握着木把手有规律地摇来晃去。

我恍然大悟。是小孩子的摇篮吧。

他大笑，说对了，这个就是睡娃娃的，藏语叫"觉息"。故意把相对的两个脚做得不平稳，就是为了娃娃哭时，拿着把手摇晃。这样一来，孩子感觉有人陪伴关注自己，自然就不哭了。

木匠冷珠瓦的家就在小泽旺登珠家旁边。

我们进去的时候，他正在家里烤火，无所事事。看得出来，我们的突然造访让他很高兴。

他把家里留用的一些木头小物什摆在一个大木盆里端出来给我看，一个一个讲解它们各自的用途。

有碾花椒的小盒子、念经的器物、茶碗、食钵和糌粑盒。

木器皿轻便、易携带，深受当地藏民的喜爱。无论是上山伐木还是

路上遇到的孩子们

粗糙而结实的木头建筑　　　　　　　手工木器

外出放牧，他们随身带齐糌粑盒和装酥油、奶渣的食品盒以及一只茶碗。不管走到何处，只要有热的茶水就可以立刻用餐。

　　从冷珠瓦家出来后，经过了一个漂亮的小敞坝子。
　　泥土地面长满了嫩绿色的青草，和旁边高高束起的枯草梗对比鲜明。角落处停放了两辆退休的拖拉机，尾部艳蓝色的油漆让整个画面一下子跳跃欢快了起来，充满活力。电线在画面的高处把天空分割成七零八落的碎块。旁边人家的屋舍上，灰白色的木踢板在同样灰白的天空下泛着清冷的光。
　　是村里废弃了的旧打谷场，驻足看了很久。

手工篾器

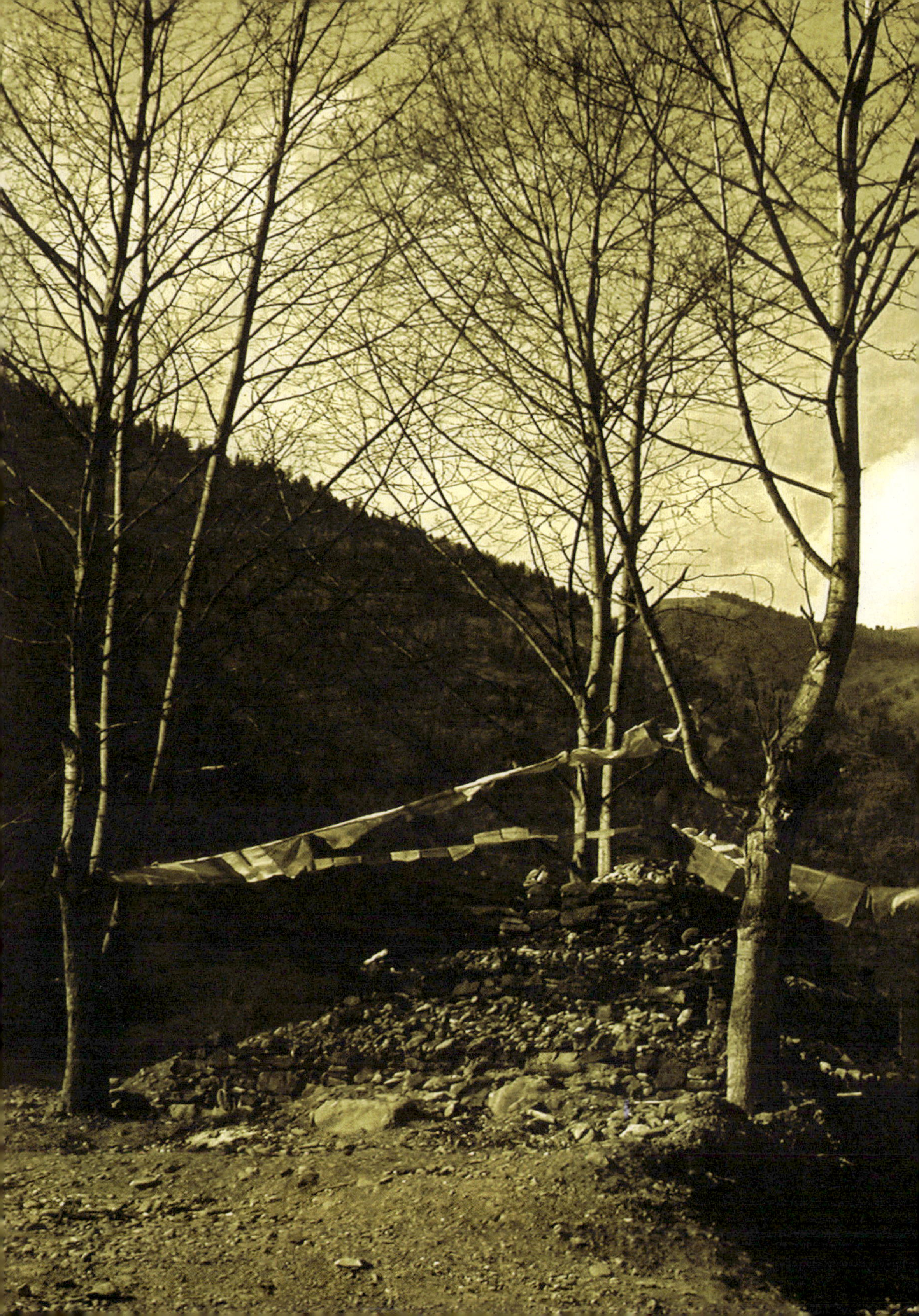

芝麻寨和八屯寨

达久寺

见过红军的扎西姆
Zaximu,Who Met Red Army Soldiers

第二天一早，和切孝一家人道过别后，我沿着来时的路返回大录乡。

和尤珠塔约好，他带我去大录乡的另外两个寨子芝麻和八屯看看。

走出老远后，回头见切孝还站在原处目送我。于是使劲挥手示意他回去。

清晨有白雾，再走远一点儿，人就只剩下深色衣服留下的模糊影子了。他还站在那里。

心里有猝然的感动。

见过了太多斤斤计较的人和虚伪狡诈的事，那些黯淡的心情让人慢慢习惯沉默或者接受。

寨子里的小商店　　芝麻寨口的玛坭堆　　一堵让我惊艳的墙

在路途上遇到的温暖，是一件愉快的事。仿佛意外的收获。

见到尤珠塔时，他正在为找车发愁。乡里惟一一辆三菱越野车一早出去了，说是上午回来，也不知道具体什么时候。

没有车，根本去不了那两个寨子。只有等了。

在尤珠塔的小屋里烤火，不多时车就回来了。

他出去和司机说这个事，老半天才回来。期期艾艾地对我说他们希望我出一点油钱。

我说好啊，这个是理所当然的。

和司机商量好，先送我去芝麻然后去八屯，之后他就可以返回大录了，明天上午再到八屯来接我。因为没有电话可以联系，事情需要说定了再行动。主动问他跑这两趟需要多少油钱，他说回来时再说吧。

尤珠塔上车时提了一大包东西，他家在八屯，送我过去的时候他正好回家。

芝麻寨离大录乡很近，十几分钟就到了。

达久寺就在寨口。寺院建于元代，属藏传佛教苯波派。

空无一人的寺院看起来萧条肃静。大门紧锁着。门前挂了一张巨大的、用黑墨画就的金法轮和护法兽的吉祥图。

尤珠塔说，没有法事活动的时候，寺院都关着，僧侣各自回家务农。他们一年有大半时间需要务农，只有寺庙修建或其他事时，才外出化缘。

寨子里最时髦的少年

123

扎西姆和他的小楼

家里还保留着一口当年红军用过的锅

　　寺院建筑已经很旧很旧了。转经桶那一圈的木栏杆全部掉光了，用细铁丝缠绕成格子状拦着，防止人从坎上摔下来。

　　早晨的阳光洒在空寂破旧的寺院里，触目惊心地明亮。

　　在寺院逗留片刻后，尤珠塔带着我往寨子里面走。他说有一个叫扎西姆的老人我一定得见见。

　　1935年红军长征时经过九寨沟，那位老人是目击者之一。那个年代的人，到现在基本已经去世得差不多了。现在村里一共只剩下3名曾经见过红军的老人。

　　扎西姆的家在一条小道的尽头。一进门，拴在院坝角落的大黑狗就对着我们一阵狂吠。且一直没有停下来的意思。

　　闻声下楼的扎西姆穿了一件深蓝色的藏袍，戴了一顶深驼色的翻檐毡帽。整张脸长得很有艺术感，像油画里的老年模特。有着深邃坚韧的目光、直挺的鼻梁、瘦削的面庞、紧抿的薄唇和沟壑纵横的脸部线条。

　　知道我来听故事后，他拖出了一口黑色深底大锅。说：这就是红军当年用过的东西。

　　故事从这里开始了……

　　扎西姆记得那年是猪年，夏天的时候常听家里大人摆谈，国民党中央军和红军在若尔盖的包座乡打仗。中央军那时到处宣传，说红军杀人放火，共产共妻，走到哪里抢到哪里。整个寨子人心惶惶。

　　收获季节的一天，一个在河边洗衣的妇女突然看见红军的队伍来到了河对岸，她急忙跑回寨子，边跑边喊：红军来了。

　　正在劳作的村民们扔下工具，门也顾不上锁，就匆匆往山上跑。扎西姆被爸爸带到对面的山林里，亲眼望见红军排着长队扛着步枪进了寨子。前面的领导骑着马，后面跟着牛和驴子驮着东西，小兵全部穿的灰色衣服，还有不少女兵，也穿的同色衣服，大都破破烂烂，像"扑惹"（当地话：指鸽子毛的颜色）。

寨子里人后来都叫他们鸽子兵。队伍足有两三里长，在寨子东头的空地里集合的时候，黑压压的一大片。

当晚，他们在寨子住下，进入富裕村民的房子里找粮煮饭。

有一名红军战士开枪打死了一只鸡，第二天，当官的命令其他士兵把他架到大白杨树上枪毙了。那个红军被枪毙的另一个说法，是他引发了失火。那晚，红军因用火不慎，导致村寨着火。因为木制房屋连得近，及时抢救也烧光了3所屋舍。

第二天，红军队伍就离开了村寨，回到若尔盖去了。

第二年，也就是1936年，又有一支红军队伍来到山寨里。村长对他们的领导说，你们去年来我们寨子失火烧了3所房子。那支红军的领导听后说，那这次我们就不住这里了吧。于是队伍穿寨而过，没有停留。

红军走后，村民们有很多议论，觉得他们并不像当初中央军宣传的那样坏，不小心烧了房子，还枪毙了士兵以示警戒。从此便改变了当初的印象。

从扎西姆家出来后，我们匆匆离开了芝麻寨。司机一直在催促，因为只要把我们载到八屯，他那天的事就算完了。

走在路上，阳光像不遗余力倾倒下来的河水，我的眼睛一直处于无法睁开的状态。

燥热。强烈的光线透过衣服射在皮肤上，仿佛无数的小刺和绒毛，难受不已。

离开时，在芝麻的村口看见又一个阶梯形状的玛坭堆。初次遇见的兴奋心情早已不复存在。

七十九年一个人过

Living Alone for 79 Years

　　芝麻寨离八屯寨非常近，一小会儿的工夫就到了邂逅第一个嘛尼堆的地方。从那里开始，便算进入八屯寨的范围了。

　　寨子在山腰上，从玛坭堆旁的小公路七弯八拐绕进去，不多时就到了。

　　整个寨子都是灰土的颜色，房子比大录寨和芝麻寨的都要旧。寨口有头小黑猪跑来跑去，胖小狗的模样，短短的毛，沉甸甸的肚子，红鼻子一翘一翘的。

　　我的相机一对准它，就撒开小胖腿飞快跑掉了。真是没水准的害羞 MODEL。

　　尤珠塔带我去看寺庙。

经文纸的边缘因长期拿捏变成了黑色

　　八屯寨的寺庙和大录、芝麻寨的完全不一样。建筑风格与西藏的寺院更为接近。外墙是厚厚的泥土糊的，上了浅赭红的染料。门两边各开了6个整齐的小窗户，窗户上有窗沿，楞楞地支出来，像扣着的鸭舌帽檐。窗帘上的白色十字图案很是打眼。

　　八屯寨的寺院叫唐卡寺，建于元代，清末重新修整后，使用至今。因殿内藏有多幅精美唐卡画而得名，属藏传佛教萨迦派。

　　寺院空无一人。精美的门廊处，用破烂的白布挡着。手经常接触的地方有一大片显眼的污渍。

　　尤珠塔说，有个叫切扎的老和尚就住在附近，我们去看看他。

　　切扎已经79岁了。11岁时出家，一个人过了一生。

　　我们进入小院的时候，他正盘腿坐在阳光照射的墙边晒经文。那些长条型的经文纸铺了一膝盖。

　　切扎那天穿了件织锦的羊毛袄子，戴了一副纯银架子的紫水晶墨镜。华丽隆

128

重的打扮让他看起来不像个和尚，倒像个土官。

切扎很爱笑，一把年纪了耳朵却还很清楚，我们小声交谈他也能听懂。他和尤珠塔很熟悉，都是一个寨子的人，大事小事彼此都清楚得很。很多时候都是他说了开头，尤珠塔在后面补充。

聊了很多杂七杂八的话，心里最想问的一直没有出口。问题似乎有点直接粗暴，对方也许会觉得莫名其妙。

放在寺庙角落的经文石块

我真的很想知道，那么多年，他真的一个人过？没有爱情没有喜欢的人？会不会在独自醒来的深夜突然厌弃自己选择的生活？

我知道，哪怕问了，他也不会给我答案。不会有人乐意让别人看透自己的内心，久久不表达，到后来，便不会表达了。就像迷失在森林里多年独自生活的人，再次融入人群，他会发现，自己根本不懂说话。

世界上，最孤独的，是人的心。

中午的时候，切扎邀请我们一起喝酥油茶。那便是今天的午餐了。

跟着切扎进了屋子，他拿出一个蓝色的塑料口袋，里面是新鲜奶渣，湿湿糯糯的，还没来得及晒干。

寺院的门锁

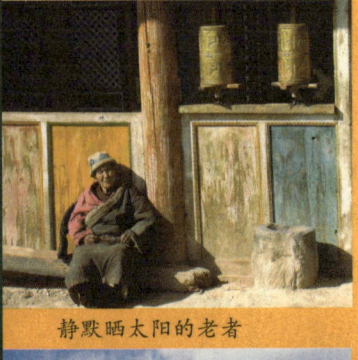

生火烧茶水。又抱出一个小木箱子，里面装的是糌粑粉。我申请只要糌粑粉和大茶水，不加酥油和奶渣，没有得到批准。他们说要么就全都要，要么就喝清茶。只放糌粑不要其他，在他们的风俗习惯里是不吉祥的，这样象征做什么事都不完满。

当时真有点饿了。只喝清茶，我想我会抓狂的。于是只好全部都要。

切扎似乎很高兴我的妥协，连忙用手去抓奶渣，分别放进3个碗里。

上一次认真洗手的时间他可能已经记不得了吧。他的长指甲里面，有厚厚一层陈年污垢。先前翻经文时我看得仔细。

茶好了，我还是若无其事开始喝。别太计较了，不是吗？在只有它可以吃的情况下。

这次尝试加盐，味道奇怪，又咸又酸又腥。喝了一小半，实在无法忍耐了，决定放弃。

坐在旁边的尤珠塔说，茶不喝完是对主人的不尊重。这是藏族的规矩。

我看着那碗茶，觉得选择要了它，真是和自己过不去。

尤珠塔吃得津津有味。他用手把酥油、奶渣拌匀后，又加入了大量的糌粑粉，沿着碗沿把它们捏成团状，吃的时候，脸上有享受的表情。吃完后，他还把粘在碗上的湿糌粑末舔干净。看得我……只好闷头一阵苦喝。

异常艰难的一顿饭。对于不习惯酥油茶的人来说，它无异于一场身体与心灵的考验。

静默晒太阳的老者

屋顶上的风力转经桶

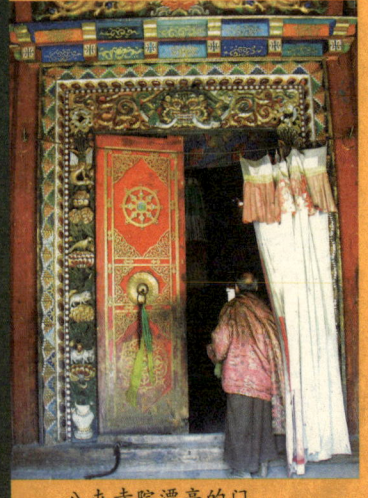

八屯寺院漂亮的门

喝完茶，切扎说给我开寺院的门，让我进去拍照。

黑漆漆的大殿，像一个超级吸光的大黑洞，明媚的阳光一到门口就没了，里面什么也看不清楚。

在角落处依稀分辨出是装经书的柜子，用闪光勉强拍了几张，居然还对正了柜顶柜脚的线条，惊喜ING。

拍完照，时间刚好下午1点半，突然想离开这里。晚上的住处没有着落，甚至连吃都吃不饱。确实也不想给别人多添麻烦了。

那一刻，想回到沟口或者县城去的愿望十分强烈。不管坐什么车，颠簸多久。给尤珠塔说了自己的想法，并提出汽油钱由他转交。

他似乎很为难，说但是车明天会来，又没法通知一声，不然人家白跑一趟。

想想也是不太好。毕竟和人家说好的。而且来的时候和县城那个司机大哥也约定了明天中午来接我的时间，这一临时决定回去，就是爽了两边的约。

那好吧。我说，今晚我回大录乡去住，然后把汽油钱给他送过去。

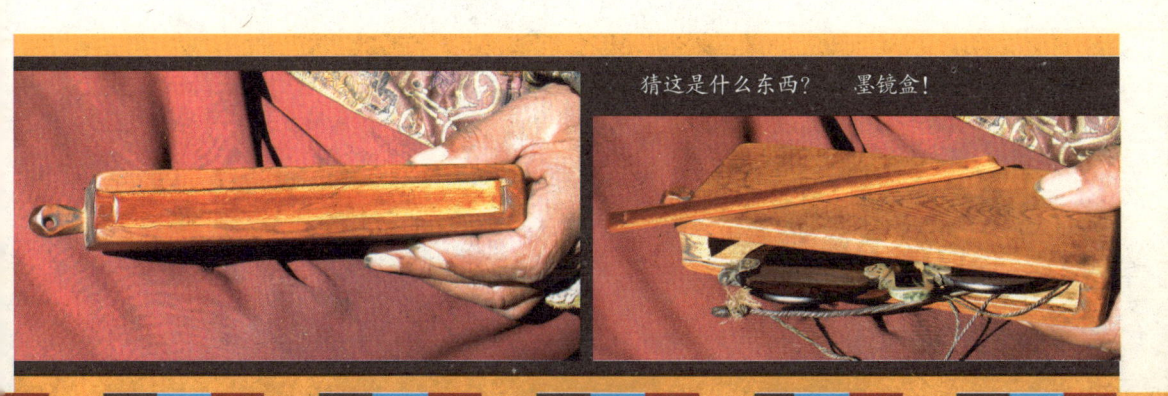

猜这是什么东西？　墨镜盒！

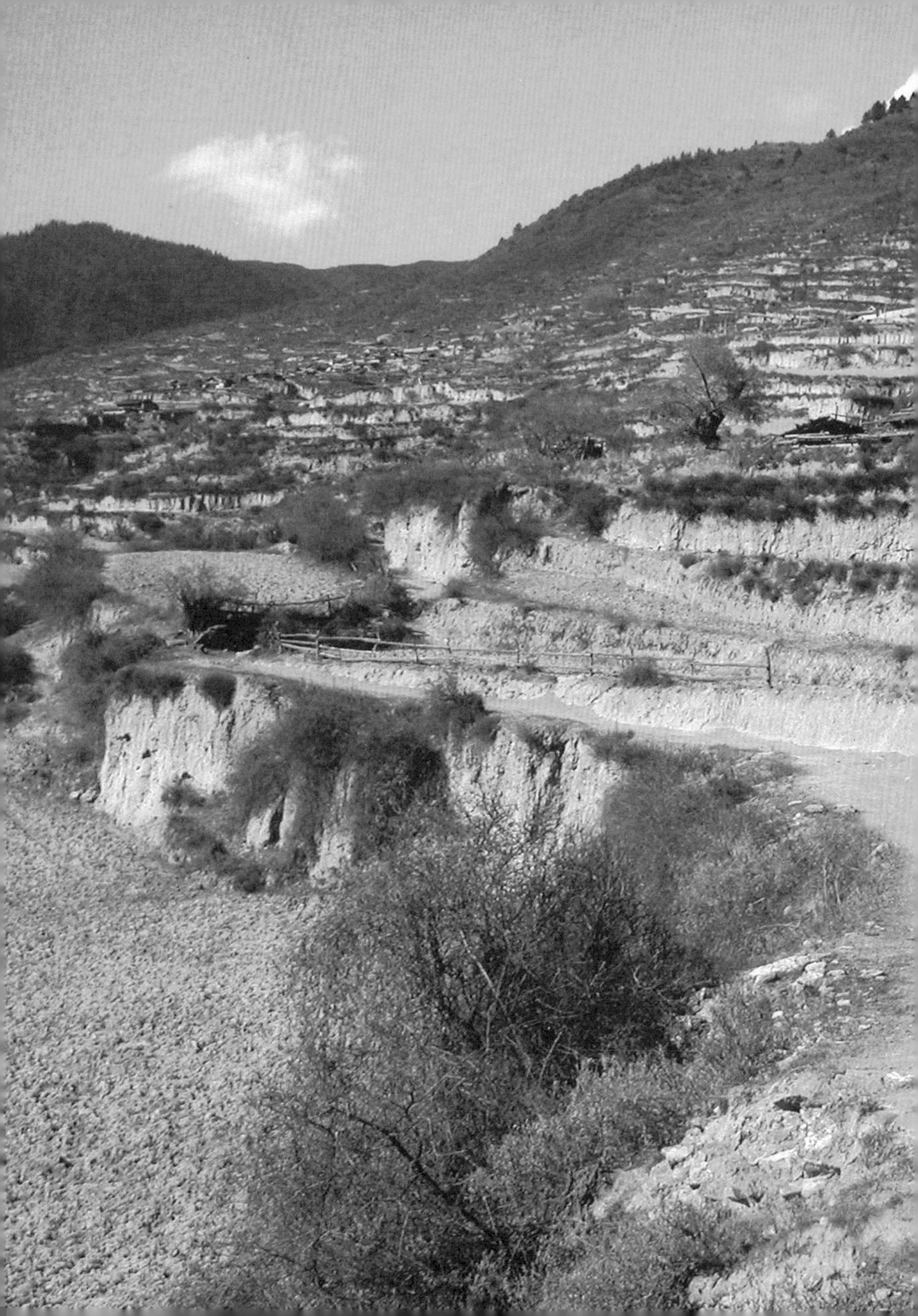

回到大彔乡

寂寞了很久

In a Long-Time Solitude

　　下午2点的时候，同尤珠塔和切扎道别。我把口袋里，早上在大录乡买的苹果，全部送给了切扎。他乐呵呵地收下了。

　　尤珠塔把我送到村口，告诉我沿着小路一直走，便能下山。路不好走，但比起汽车开进来绕的弯路近了很多。

在村口,我又遇见了那头小黑猪。这次它没有一见相机就蹶蹄子跑个没影没踪,而是在那里站立了很久,酷酷的模样全被我收集到了相机里。

没走多远,就看见了寨子口的第一个玛坭堆。在小路的一旁,依在一座已经残破的白塔下。旁边有一棵枝干纠结的老树。映着湛蓝的天空,那画面有不动声色的震撼。

褐黄的沙石土路,仿佛一直没有尽头。

暴烈的阳光里,很多次回头看村寨。隐在一梯一梯山脊里的黑瓦木屋和褪色的经幡与周遭的黄土地融为一体。有着陈旧古朴的美。

偶尔有狗和老人经过身边。老人望着我笑,脸上堆满纵横的沟壑。开口问我喝过酥油茶了吗?我忙应着,刚喝过了。如果回答没有,他一定会拉我去他家里喝一遍。

在物资匮乏的村寨里,喝茶是对外来人最好的礼待。来了这里便非喝不可的酥油茶,其实全是一碗一碗淳朴自然的心情。

一直往下。在充沛的阳光和风里行进。

越往下,树和草就越丰盛。有参天的巨大古木立在道旁,细密繁复的枝桠齐齐指向天际。山涧也出现了。空气里全是阳光和植物的味道。

树上有枯黄的叶子落下来,铺了浅浅一层。踩上去有细脆的折断声。是失去水分的叶脉在脚下果敢而坚韧的呻吟。

走热了。摘了线织围巾,把头发全部捋到一边,让脖子吹吹风。

经过又一个玛坭堆时,已经能看见山脚下的公路了。一条灰白色的干净的小公路。

半山处有羊群经过,一头接着一头。隐在枯枝衰草间,远远看去像连成的一条白线。把相机的变焦调到最大,拉近拍摄,可惜出来的效果不太好。

终于到达八屯的公路口。用了接近一个小时的时间。

再次看见来那天遇到的第一个玛坭堆。心情却不再重复最开始的激动了。

公路的旁边，是荒凉的河滩，水流冲击，发出巨大的声响。有采石子的机器散乱地摆放在河床边上。

风很大。从寂静公路的四面八方涌来。开始感觉到有些微的凉意。

远处有一座小小的瓦房，应该是采石厂盖的房子。用来看守河滩上的机器临时搭建的宿舍。走过去找了背风的角落坐下来。那里有些积满灰尘的厚木头墩子，用纸巾简单擦了擦，把背囊放了上去。

有戴着大号深色眼镜和灰黄色鸭舌帽的中年男人从房子里出来。大概已经寂寞了很久，看到我来，他就在不远处坐了下来。也不说话，只是面对着我。后来摸出烟开始吸。

我也沉默地坐着，偶尔和他对望一下。更多时候，我们都望着天发呆。

从县城发往大录乡的福特车是每天两班。时间没个准儿，说不清楚什么时候到，只能一直等。

坐了半个小时后，我发现，竟然没有一辆车或者一个人从面前的公路经过。突然对这条公路产生了奇怪的怀疑。会不会像宫奇峻动画片里的虚幻之路一

样，明明车来车往人声鼎沸只是我看不见。

　　这样寂寞等待的心情，得不到任何的救赎。

　　觉得饿了。从包里找出一根养生堂的母亲牌牛肉棒。胡椒味异常浓重。无法忍受的劣质香气。但回想起中午酥油茶的味道，我还是满足而幸福地打了一个胡椒味的嗝。

　　河滩呜咽的巨大水声，几次让我误以为是车来了。那呼呼的声音，像极了大货车的发动机声音。在城市里觉得无法容忍的噪音，此刻却再期盼不过了。

　　无聊的时候摸出小镜子来照。这还是我到九寨这么多天以来，第一次认真照镜子。发现皮肤粗糙了很多，脸颊因为连续、强烈的日光照射，肤色已经变得不均匀，鼻子两旁也长了些小红疙瘩。

　　又坐了很久，终于有辆拖拉机"突突突"地出现在公路上。我兴奋地站起来，使劲挥手招呼司机过来。一小会儿，拖拉机就"突突突"地过来了，一张方正黝黑的脸庞出现在我面前，带着最热情的笑。

　　他说可以带我去大录，但要等他把公路上打扫出来的石头和垃圾拉走才行。那要等到什么时候呢？我只好又回到原位置坐下。

　　他把拖拉机停在对面的公路上。有一群扛扫把的工人走过来和他说完话后就各自开始干活了。他也无事可做，只好坐在车上恹恹地等待。

　　现在变成3个人一起望天了。

得而复失的藏刀
Regaining a Lost Tibetan Dagger

闷闷地坐了不知多长时间后，看到有人双手合十围着路口那个玛坭堆转圈。拿着相机飞快冲了过去。

是个轮廓鲜明的中年藏族男子。有高挺的鼻梁和深邃的小眼睛。穿一件绵羊毛擀制成的黑色毡皮大衣。大衣的边上镶了五彩的氆氇，腰上绑了一根桃红色的腰带，上面系了一把木柄白铜鞘的藏刀。

这样的装束在冬季的藏区随处可见，但这个男子还是有与众不同的地方——穿了一条直腿牛仔裤和棕色的成品皮鞋。

见我来，他便停止了转圈，望着我想弄清来意。我笑笑，摇摇手里的相机，示意他继续转圈，我只是想拍几张照片。

他和善地笑，又转了起来。口中重复念着"嘛尼边边"4个字。

停下来后我问他那几个字是什么意思。他笑着回答了几遍，我才听清楚，是说自己没文化不知道怎么用汉语翻译。

突然对他的藏刀产生了兴趣。别在腰上是极男性化的饰物，充满了粗犷奔放

的美。

　　他解下来让我看。暗核桃木色的方型刀柄上嵌了一颗黄铜珠子。白铜皮包裹的外鞘上挤满了花朵和藤蔓的图案。用约大拇指宽窄的一根熟牛皮带绑着鞘身，一端有固定的带扣，方便随时从腰上取下。

　　用了很大的力气，才把刀从鞘里拔出来。旧暗的刀面上有宰杀牛羊留下的斑驳血渍。

　　刀刃上已经有了缺口和砍钝的弯曲弧形。那是很多次与动物骨头激烈接触留下的痕迹。

　　一把既漂亮又粗糙的旧藏刀。看久了，会产生异常的吸引力。

　　我想他肯定会拒绝我。想了一会儿，还是开了口。

　　它是他的。而此刻，我又是那么渴望拥有它。这把旧旧的藏刀，在我眼里是那么特别。我想把它带回家，搁在客厅的墨黑色茶几上。

　　没想到他居然爽朗地答应了。说当初买下时是 120 元，现在用旧了给他 80 元就好。取了钱夹，数了几张现金给他。心里满足而快乐。

　　抱着刀回到先前的地方坐了没多久，车就来了。

藏刀的主人

那把在后来的几个小时里曾属于过我的藏刀

在路口下了两个到八屯的乘客,拥挤的车厢里才稍稍舒展了一点。我和藏刀的旧主人一起上了车。他也去大录,说是去学校看他的孩子。

坐我旁边的大婶笑眯眯地望着我,问我要住旅店吗。房间10元一晚,有热水还有电视机。

想起到达那天看到的那栋刷红漆的两层楼小旅馆。说的应该是那儿吧。那么巧,我正好要去住宿。

见我没有作声,她马上补充,还有5块的。

她误会了我的沉默。呵呵。我只是在想,这样便宜的旅店会不会恐怖到无法入睡。出发前曾有驴友在我面前绘声绘色地形容过藏区偏远路途中的小旅馆——污漬得看不出颜色的被单、角落里的老鼠和密密麻麻吸血的小跳蚤。卫生条件非常差。他们说,忍耐并说服自己不在意是惟一的解决办法。

同车的其他人开始聊天。汉语和藏语交替出现。藏刀的旧主人非常健谈,我断续地听着,好半天才听懂,原来他儿子在学校和同学打架了,这次他是被老师通知去处理这件事的。

是很严重的群殴事件。几个孩子把另一个小孩的手打断了。每家大人要赔2000多块钱。他说他儿子当时并没有参与打人,只是被拉去"望风",结果也被牵扯了进去。

讲这些的时候,我注意到他的表情一直很柔和,甚至还带着笑。表诉的过程里没有出现一句责骂自己孩子的话。父辈的宽容,总是令人愉悦。很可惜,大多数的他们，因为天生且不可更改的家庭强势地位，而逐渐变得直接且粗暴。让成长中的孩子心里埋藏了无法言喻的伤。

很快就到达目的地了。下车后我跟着大婶进了"仙池旅馆"。在院坝里站了一小会儿，有脸蛋红扑扑的藏族少女拿着钥匙串把我引上了2楼。

开了走廊尽头那间房的门，少女交代了句热水瓶晚上会送上来之后就离开了。

我放下包，在昏暗的暮色里打量这间又一个夜晚的临时憩住地。

很小一间屋子，放了一张单人床、一个式样古怪的旧木桌和一台无法成像的80年代的老款电视机。墙壁是木头块和砖头水泥混搭而成的。有两扇并在一起的三格小玻璃窗，其中一扇掉了一块玻璃。还好窗户对着一面砖墙，不然长驱直入的冷风会把这间屋子变成冰库。

没有想象的糟糕。

去了司机家里把钱给了。

他说就给100吧。我知道那段路不可能会用到这个数字的油钱，但还是礼貌地微笑着问：够吗？辛苦你跑这么远。司机愣了愣，说，那就给200吧。

我没想到他会得寸进尺。拿了100给他，还是笑着说，如果我还继续问你够吗，你肯定要说300了吧。

他讪讪地收下钱，说，那怎么会。

回到房间从背囊里拿出电脑本子开始倒腾相机里今天拍的照片。那把藏刀被我搁在床尾，时不时看一眼。对于新得到的东西，我一直有着孩童的热情。会尽量摆在目光所及的地方，或者隔一小段时间就去摆弄一会儿。满心欢喜。

正想着怎么才能把这把刀带回重庆时，它的旧主人却找来了。说孩子一见面就发现他的刀不在了，知道原因后，又哭又闹，不许他卖掉它。他买了饼干哄他，他却怎么都不依。

他讲话的时候，一直带着笑。说如果不来拿刀，孩子会一直哭闹下去。

有时候，爱就是这样不留痕迹地表达出来。比如父亲的随身物品在孩子心里的重量。

　　有暖暖的感觉划过心底。当然还交织着很多不舍得。

　　把刀还给了他。拿回了那 80 块钱。

　　之后他又坐了一小会儿。指着我面前的笔记本电脑好奇地发问。他完全不懂这个是什么，连电脑两个字也觉得陌生。问我是不是和电视机是同样的东西。

　　我把今天拍的照片找给他看，里面有他自己的影像。

　　他看得很欢喜，轻轻用手指碰着屏幕说这个是我嘛。

　　走的时候他对我说抱歉的话。我摇头，表示没关系。

　　这把刀于我们，意义完全不同。对我来讲，不过一场热闹的装点。本就不是我的东西，短暂的属于之后再失去，我的心里也只有一瞬间的遗憾。

　　后来在沟口的藏饰店里也有看到模样类似的刀，却觉得远没有那把漂亮。

　　柜台里崭新的刀，白铜皮无一例外地光泽木钝，没有精神。

　　藏刀用旧了才会有摄人心魄的美。经过手掌千万次的摩挲擦拭，被汗水和手心温度渗透融合了千万次后，它的外壳才会有耀眼的锃亮光芒。

高山顶上的小旅馆
An Mountaintop Inn

10元一晚的小旅馆

天将黑的时候，锁门外出吃饭。突然觉得很饿，不能坚持那种。

有很小一家餐馆开在旅店旁边。连大门都没有，得从一道小巷才能进到屋里。

是一家夫妻店。极简陋的木头桌椅摆在不到10平米的小屋里。积满灰尘的玻璃窗上直立着一根根发锈的铁栏条。这便是整个餐店的"大厅"了。

厨房在隔壁，也兼做了摆放大量蔬菜和旧家什的仓库。

吃的东西没什么选择，只有炒肉和烩面。

很快端了上来。用超大的碗盛着面片。

稍后又送了青椒肉丝上来。卖相和味道都不马虎。

这一餐吃得很温暖，胃仿佛也比平时贪婪了很多。

离开时发现屋外的温度骤然低了。大风剧烈，似乎能穿过身体。每一步行进，

旧旧的小餐馆门口

清晨醒来，便看见了雪

离开的路

都像和自己作对。

　　回到旅馆的小屋里，坐在床沿边发呆，把被子抱过来搁在被风吹得快僵硬了的腿上。
　　瞬间，有强大的孤寂感刺痛心脏。
　　在这个遥远又陌生的高山小旅馆里，我开始想念我居住的城市，霓虹灯光犹如白昼。想念我的朋友我的小家。松软的靠枕。CD和苏打饼干。随时有热水喷出的花洒头。小熊睡衣。
　　突然开始怀疑自己的出行，是真的有必要兴奋不已地跑来这样的小山寨吗？

　　8点的时候，有人送热水瓶上来。没有多余的话，搁下就走了。
　　无法洗漱。桌下有一个红色塑料盆。不清楚之前的用途。
　　凉了一杯水慢慢喝光。然后合衣躺下。没有关灯，莫名觉得心里安定一点。

　　风从掉了玻璃的木头窗框吹进来，凉凉的。
　　把厚厚的被子拖上来挡住脸。蓝格子的棉布被单没有任何异味。这一点让我觉得是快乐的发现。

睡前插了相机的充电器，电视旁的稳压器一直发出嗡嗡的声音。不知原因。

……

深夜时候被楼下的狗吠声吵醒，之后再难入睡。
很多记忆中的片段在这个孤寂的小旅馆之夜里，在朦胧中闭着的眼前一一划过。
寻常下午，小公园安静暮色中突如其来的拥抱。如瞬间电流，击中年轻女子敏感失措的内心。

　　夏日里公共汽车上的那场哭泣。太多的泪水，擦不干净。坐在身旁的朋友一直聪明地视而不见。什么都不问，便是最好的安慰。

　　他说的话。他说：我永远不会伤害你。我不会伤害我所爱的人。我珍惜都来不及。我珍惜她，并不需要以见不见面，结不结婚为界限。甚至不以她是否还爱我为界限……

　　有时候，有爱的相处也是一种伤害。不得不离开时，还是忍不住哭了。

　　当你慢慢长大，经历了两三场爱情以后，你会发现，遇到一个适合你的男人，有多难。

　　你不爱的人，哪怕多说一句话都会有错，让你觉得无可忍耐。明明知道对方爱你，却仍然没有办法温柔善良地待他。

　　你爱的人，因为爱得真切，所以面对他，你从不清醒与坚韧。哪怕知道对方也是脆弱有缺失的人，你也会原谅并成全他。尽管有时候，你会为此难过，但仍无法自拔。

　　心里有爱的人，总是敏感而脆弱的。心怀感伤又甘心承担。

　　所有爱情都会消失不在。就像生命。有生即会有死。
　　所有的绝望和渴望，都会被时间冲刷掉。

　　所有人都明白这个道理，却依然前仆后继，看着爱情握在手里慢慢腐烂或者变成化石。

　　第二天起床就看见了雪。公路对面小房子的屋顶变成了晃眼的白色。天空放晴，大朵的云彩堆积在山脚处。又将是个好天气。

　　11:30，车准时到了。

黑河大峡谷 喇嘛石

沟口

南坪县

双河沟

苗州

白马寨

甲勿池

草地乡

白马寨

白马藏族的"挫喔"面具

Baima Tibetan Incantation-Dance Masks

回到沟口休整了两天，狂吃了烧烤和火锅后，顿觉生活完美无缺。
美食绝对是治疗寂寞心情的良药。

在地图上看见了白马藏寨。离县城很近，和先前去的大录乡是两个方向。

当地人把九寨沟县白河乡以上的藏族，也就是之前我去的村寨那边，称为"上塘藏族"，把白河乡以下的藏族称为"下塘藏族"。

"下塘藏族"就是"白马藏族"。传说中，白马藏族是西藏战乱时，来到九寨沟的一支藏兵的后代。

他们信奉"北布"（汉语里就是道士），崇拜日月山川、火、灶等。每家的神龛上供的也是日、月、牛、马、羊和祖先像。寨子没有传统藏传佛教的寺庙，没有出家为僧的和尚，亦无定期的祭典。稍大点的寨子有道士，有小庙，但庙里边没有神像，只供奉绘有神像的木牌。绝大多数人不信喇嘛教。

白马藏寨最有特色的文化活动，是他们的面具舞。面具舞又称"诌"舞和"挫喔"，是藏族原始宗教的祭祀舞蹈，以朴实、粗犷、稚拙、活泼的造型著称。内容是祭祀神灵，祈求保佑和驱鬼避邪。

「挫喔」道具

面具是用木头做成的。模仿狮、虎、龙、牛、雕、熊、凤凰等7种动物的头像。还有一对鹿头和一对阿里尕（男鬼女鬼的头）。演出时用7、9、11等奇数，不用偶数。有人把面具舞称为"十二相"。实为误称，因为熊雕狮凤不在十二生肖之内。

每逢农历正月初六至十五跳"诌"舞时，舞场中都会立一面天蓝色的旗帜，在鼓声中表演者身着缎面的彩色衣裙，头戴动物面具，用小碎步沿逆时针方向转圈而跳。领舞者手中持着降魔杵（柄上刻有神像的木销法器），大家忽而聚拢忽而散开，时而停止时而走圈，提脚跐转，开胸扬臂，舞姿模拟禽兽的动态，强劲有力、热烈奔放。

去白马藏寨那天，下着淅淅沥沥的小雨。车厢后部，坐着一个戴灰蓝色线编的小帽子的童孩。圆圆的小脸上，睫毛长得惊天动地。自我上车开始，他便一直在吃旺仔雪饼，一个接一个，嘴里发出脆脆的响声。

转过头拍他，他一点也不害羞，依旧大口吃着，偶尔眼珠往上翻翻，看看镜头。

汽车在雨里行进。路的一边，是连绵的田野和小屋舍，另一边是山岩，看不到顶的高高山岩。

超长睫毛，谁人能比？

坐在副驾驶座上，沿途景色急速扑来，像逼近宽幅的银幕，有目不暇接的快感。

和一旁司机大哥聊天。知道我想去看"挫喔"舞后，他告诉我那种舞蹈并不是天天都有，只有村寨有大型的祭祀活动，或者有旅游团参观寨子时，才会集合表演。

村寨因为旅游开发，也有了新的名字——白马藏族风情园。

风情园位于平武到九寨沟的公路边上。

汽车顺着平整的公路接近村落，清一色的石头房子映入眼帘。片石做墙，青瓦盖顶，只有门和窗是木头的，房檐处画着红黄黑三色相间的条纹。

| 龙 | 虎 | 凤凰 | 熊 |

村落的中央，是一个舞台般的大敞坝子，坝子周围是 12 根木雕的图腾柱子，刷了赭红色的漆。坝子中央有座石砌的神坛，样子很像缩小版的长城烽火台。

神坛对着的，是一个白马藏族象征的雕塑——两根并排的白色羽毛。

白马藏族的服饰文化里，毡帽上两支白色羽毛翘然而立，是最典型的特征。

司机大哥把我一直送到了村支书刘兴安的家门口，大声喊了他的名字，楼上马上有匆匆的脚步声传下来。

老刘有 50 来岁的样子，瘦高个子，说话声音不大，但很有条理。

他家里有全套的"挫喔"道具。听我说为这个而来，他很兴奋，说上次表演过后，道具就一直放在他家里。

跟着他上了 2 楼。第一眼所见是一间极宽敞的客厅，空荡荡的，家具很少，水泥的墙和地面也没有处理，还是凹凸不平的。老刘说刚搬的新家，所以什么都还没添置。

老刘的妻子坐在火塘边烧水，见我来，忙让出地方，让我烤火。

老刘的妻子特意换了鲜艳的民族服装

老刘到里屋去把面具拿了出来。全是用木头做的面具，上了鲜艳的漆。有狮、虎、龙、牛、雕、熊、凤凰等 7 种动物的头像，还有一对鹿头和一对阿里尕（男鬼女鬼的头）。以及舞蹈时的乐器：一对铜号，一面铜锣，一面牛皮鼓和一副铜钹。

那些捆着红布的面具，无一例外都瞪着大大的眼睛看着我。做得栩栩如生，但动物的特征有些模糊，得一个一个问，才

雕　牛　狮

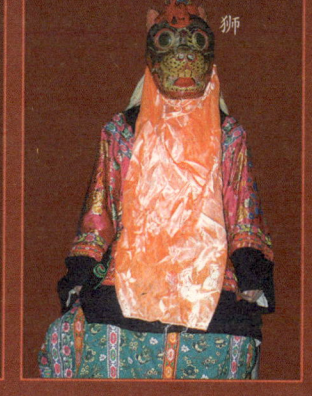

知道依次是什么。

那两个黑漆漆的大鬼小鬼头代表什么呢？

老刘想了一会儿说，在祭祀活动里是维持秩序的作用，等于城市里的交通警察。

交通警察。呵呵，可爱的比喻。

很遗憾没能看到舞蹈现场。于是麻烦老刘的二儿子刘小林把所有的衣服和头像穿了一遍，让我拍了一套资料照片。

离开时的天空

离开时，雨已经停了。天空在极短的时间里又变成了湛蓝色。云朵胖嘟嘟的，像棉花糖。

小鬼　　　　大鬼

151

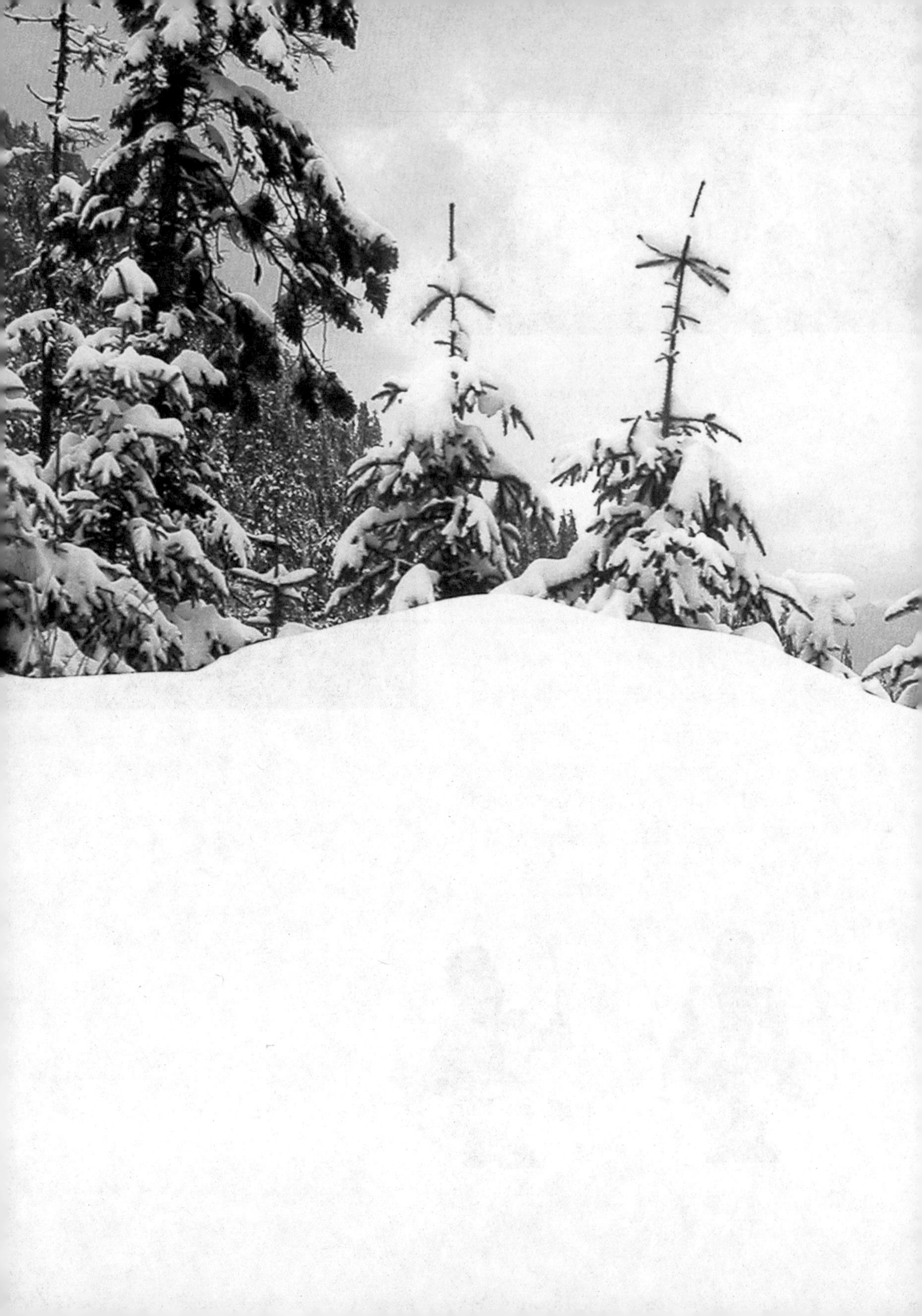

最后一天

最后一天

爬雪山去草地
Climbing Over Snowcapped Mountains to a Pastureland

在沟口的日子，通过袁意认识了几个边边街的管理人员。

工程部的张总，是个有些微胖的中年男人，说话爽朗有趣。他曾几次开车进藏，一路的故事可以结集成书。销售部的刘强，戴一个很性格的粗框眼镜，留了一下巴很性感的小胡子。是个讲究细节的男人，手指处有造型别致的戒指。

都是喜欢到处玩的人，在一起总是会有共同话题。

张总问我，听说过草地乡吗？在白马藏寨那个方向。要翻雪山过去，寨子特

别原始。

一听就来了兴趣。可是后天一早的飞机,恐怕来不及了。

他说没事,找个车明天一早出发,下午就能回来。

第二天一早,张总、刘强、我、司机小欧,4个人和一辆深绿色切诺基出发了。

一路有说有笑。一个小时就从沟口到了草地乡的范围里。

山脚下有穿卡其色夹克的青年男子拦车,他也去草地乡,是那边金属矿采矿的

工人。刚好顺路也刚好有空位，我们让他上了车。

开始翻山。树枝上有积雪出现，道路也很快变白了。到山腰时，车子便很吃力了，打滑得厉害。

小欧和半路上来的青年男子一起下车，给轮胎绑防滑链。我们也跟着下了车。

白雪覆盖的山岭上，哈着气也觉得手快僵掉了。

进山方向那面的天空还是湛蓝的，再往前就灰了。白茫茫一片，雪和天相连。

半小时后，再次上路。

雪越来越深越来越厚，公路上两道黄土色的车轮印越来越窄越来越淡，最后被白雪完全覆盖掉了。

雪把车轮完全淹没。车窗前方出现的仿佛是另一个世界的景象。天空的云朵似乎和公路在同一水平线上，云也是白的，像堆在天上的雪。

根本没有路了，雪把什么都盖住了。一边是山岩一边是悬崖，你分不清下个弯道有多急，轮胎离崖边是不是保持了安全距离。

小欧开得很吃力。这样窄的雪路，根本没法转弯调头。也不能停。只能一直慢慢往前。一车的人，到此刻能做的，只是保持镇定。他们依然在笑，说着轻松的话题。

给轮胎绑防滑链

半路上车的小伙子动作熟练

车窗外是陌生的世界

　　玻璃窗全部紧闭着。依然觉得有冷风旋进来，无法抗拒的冷。

　　脚指头冻得钻心的疼。忍了很久，终于小声说出来。

　　坐一旁的刘强哈哈笑，说这个问题有办法解决。一是把脚指头含在嘴里，二是不要了。

　　真难为他在这样的时刻还保持着幽默感。

　　到山顶的时候，遇到一块稍微宽敞的空地。往前10米就是崖边，一辆盖着塑料布的绿色货车停在崖边上。

　　我们停下来。那边车里马上就有人过来了。

　　原来车是滑到崖边的，师傅不敢打火了，怕启动的冲力让车轻松滑下崖去。只有一个办法解决，就是让尽量多的人吊在车厢后面，增加重力和稳定性，这样车头才可以扳到大路上来。

　　他们车里除司机外一共5个人，怕重量不够，不敢贸然行动，于是便一直坐在车里等。

　　他们4个都过去了，把我留在车里。

刘强在雪地上摆大字

张总竟是第一个攀上去的，身手敏捷。我在这边暗暗惊讶。

汽车像受伤的野兽一般，发出巨大的呜咽声，在雪地挣扎了几下之后，终于趴在了继续前行的正道上。大伙儿高兴地嗷嗷吼着，拍掉身上的雪，道别后各自回到各自车上。采矿的青年男子也上了他们的车。

他们很快就开走了，再往前，就是下山的路。

而我们，商量后决定在这里掉头回去。

这样大的雪始料未及，车和人都有点吃不消了，再往前，谁也没有把握能够顺利到达村寨。其次时间也不够了，车开到这里，又用去1个多钟头，哪怕是顺利下到村寨去，今天都绝无可能返回沟口。而我是明天一早的飞机。

环顾四周，无边无际的白，没有彼岸。有空洞虚无的感觉，不似人间。

那边的小村寨，在心里跟它说拜拜。

启动车子，竟半天都转不过弯来。轮胎在雪上打滑，车体是飘的，没法正常控制。小欧汗水都出来了。

终于上了路。他却再不敢和我们说话。因为方才是爬坡，现在就变成下坡了。雪尤其滑，一刻都不能大意。

这一趟，真是当平坦大路上练习一年的车技。

路面状况慢慢变好。前方终于出现了没有被雪覆盖的两道车轮印子，且越来

开到这里，车开始打滑了　　　　　　　　　　大货车安全驶离

手工活的聚会

零星挂着果实的柿子树

阳光下大串的玉米棒子

越明显。

　　到山腰了，险况基本解除。靠在车窗上，心里一阵放松，竟不知不觉打起盹来。

　　再醒来时，满脸满身的阳光。

　　雪，一点点都看不到了。大串的玉米棒子悬挂在屋舍门口，一群纳鞋底和织毛衣的妇女靠在阳光充沛的墙根处细声交谈。

　　车开得缓慢，崎岖的小道上难免颠簸。大家都睡了。

　　驶进县城那一刻，大家全票通过吃火锅。那时已经是下午4点了。

　　终于回到烟火人间。

我的背囊

My Knapsack

每次外出，都是那个黑色的背囊陪伴我。2003年初在 Meters bonwe 店里买的。不太大，但东西放置有序的话，容量惊人。

如若是长途旅行，我总是会背上所有想象中可能用到的东西。

换洗的衣物（这个尽量简单，我通常一条仔裤穿到底）、人字凉拖（洗澡时用）、太阳镜、笔和本子（记录随感和心情）、护肤品、纸巾、药品（每次出门前，妈妈都要提醒带的东西）、口香糖、电池、相机、MP3（没有音乐的旅程是非常乏味的）、笔记本电脑（整理每天拍的照片）、一本喜欢的书（通常旅行刚刚开始书就看完了，之后它就变成了累赘）、香水（我喜欢清新甘甜的香）、果仁巧克力（为数不多从未吃腻的东西）……

东西多而繁杂。很多时候出门没几步就背得肩膀疼了。

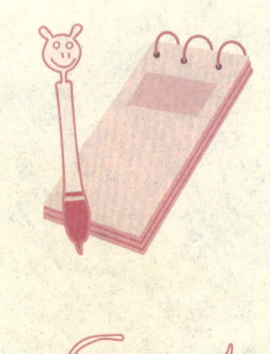

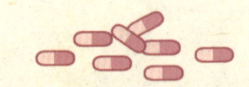